eromanga sensei
情色漫畫
妹妹和
世界上最有趣的
小說
U0025863
伏見つかさ
2
插畫◆かんざきひろ
老師
Kadokawa Fantastic Novels

contents

eron ga
sens
imouto t de ichiban omosiroi s setsu
Sa iri Izumi
色漫畫老師
妹妹和世界上最有趣的小說

Person

筆名：山田妖精
年齡：14歲（國
血型：忘記了！（
使用機種：MacB
興趣：執筆小說
閱讀　演奏（特別
料理　打掃　換
其他各種室內型娛

和泉家的鄰居。
活躍的超級暢銷

eromanga sensei

情色漫畫老師

伏見つかさ

插畫◆かんざきひろ

2

妹妹和世界上最有趣的小說

Kadokawa Fantastic Novels

情色漫畫老師
ero manga sensei
第一章

第一章

和泉正宗／十五歲／高一。

我是個一邊上學一邊從事小說撰寫工作的兼職作家。

筆名是和泉征宗，幾乎就是本名。

因為各種理由，我從一年前開始跟家裡蹲的妹妹兩個人住在一起。

說到這位妹妹，還真是個難搞的傢伙——因為她真的都不走出房間。

明明住在同一個屋簷下，但我曾有段時間完全沒有跟妹妹見過面。每天煩惱著想改善這種情況，然後做好飯菜擺在妹妹房間——「不敞開的房間」的門口。這種生活持續了好一陣子。

不過，到了四月某一天——

情況改變了。

我無意間得知妹妹「隱藏的身分」。

為我的小說繪製插圖的插畫家「情色漫畫老師」。

這位我一次也沒見過面的夥伴。

那傢伙就是我的妹妹和泉紗霧。

她是個會把繪圖過程進行實況轉播，活潑開朗地跟支持者們聊天的人。

也是個最喜歡繪製色色的插畫，連其他暢銷作家也會向她示好的高手。

情色漫畫老師就是這樣的人。沒想到，她跟我那個整天躲在房間裡不跟任何人交流的妹妹，竟然是同一個人！

這已經不是用嚇一跳就能形容的。

不過，我認為這是好機會。為了改善跟這個不肯走出房間的妹妹之間的關係，也許這將會成為一個契機。

我跟妹妹雖然住在一起卻有如陌生人——

但實際上是一同創作的夥伴。

然後……嗯，之後發生很多事情。

跟一年沒見的妹妹重逢，「不敞開的房間」也變得偶爾會開啟。

由於山田妖精這個問題兒童暢銷作家，她跑來與我爭奪情色漫畫老師，而演變為要與她一決勝負的狀況。

我對妹妹一見鍾情這件事也被本人知道，接著就被甩了。

之後……

——把妳帶出房間，兩個人一起看動畫！那將會是由我擔任原作，由妳繪製插畫，屬於我們兩人的動畫！

第一章

我們擁有了共同的夢想。
我們兩人，並肩踏出最初的一步。

再那之後過了幾天。現在是六月上旬，以這個季節來說，今天是個相當晴朗且舒適怡人的早晨。
我今天也一如往常地正在幫妹妹做早餐。
今天的菜單是海鮮沙拉與法式洋蔥湯。我煮得相當清淡，弄成妹妹喜好的調味。
剛開始時她完全不肯吃我煮的飯，讓我非常焦急。
直到她把我煮的飯全部吃光為止，我不知道反覆摸索了多久。
「呼～～」
我第一次看到吃得乾乾淨淨的盤子時，真的非常開心。
當我把沙拉盛到盤子上時，天花板傳來咚咚地震動。
「好啦好啦，我現在就端過去啦。」
那是家裡蹲妹妹傳來「肚子餓了」的訊號。
我走出廚房，通過客廳，接著穿越走廊後，右手邊就是通往二樓的樓梯。我把剛做好的早餐放在托盤上，走上樓梯。
最後到達的是「不敞開的房間」——妹妹的房間。

「紗霧～吃飯囉～」

我用開朗的聲音呼喚妹妹……也沒有得到反應。

剛才明明還那麼賣力地宣傳自己「肚子餓了」。

其實，在那之後，我就沒有再跟妹妹見過面。

好不容易有了進展……但卻好像又回到以前的狀況一樣。

——我，有喜歡的人。

以我來說，我對紗霧也不是沒有懷著複雜的思緒。

失戀的傷痛現在也依舊在折磨我的內心。但同時，我也覺得這樣就夠了。

雖然憑著一股氣勢告白，但我想成為紗霧的哥哥的這個心情並不是謊話。

不知道該不該說幸好，但事情已經告一個段落，接下來要回到原本目的上好好努力，得重新整理心態才行。

——不過。

如果當時，紗霧接受我的告白的話……會變成怎麼樣呢？

「喂喂，我是白痴嗎？」

我甩甩頭，把這種無聊的想法甩出腦中。

「紗霧，我把早餐放在這裡，要記得吃喔——」

我把托盤放在地板上，接著發出腳步聲走下樓梯——不過這是偽裝的。

走到中途我就隱藏腳步聲折返回頭。

如果問我為什麼要幹這種事的話……

因為我差不多想跟妹妹見上一面了——而且，有件事我非得跟自己的夥伴情色漫畫老師，以及我唯一的家人紗霧好好商量才行。

就這樣稍微等待一陣子，「不敞開的房間」的房門……發出嘰嘰的聲響後微微打開。

這應該不用我多說，是紗霧為了拿早餐而開門。

再稍等一下，就看到房門繼續緩緩開啟。畢竟不這樣做的話，托盤是沒辦法拿進房間裡頭的。當房門打開大約七成時，偷偷埋伏在一旁的我，往前走到門口。

「！」

位於房間裡頭的銀髮女孩，驚訝得瞪大眼睛。

這個穿著睡衣的少女就是和泉紗霧。

是我那世界上最為楚楚可憐的妹妹——也是我那比任何人都值得信賴的夥伴。

「嗨。」

我舉起單手出聲向紗霧打招呼。結果妹妹她——

「啊嗚！嗚嗚……」

轟隆～～～～～～～～～～她滿臉通紅。

砰磅！

接著立刻把門關上了。嗚……我果然被討厭了……是嗎？

——這不是你一個人的夢想。讓它成為我們兩人的夢想吧。

雖然我們之間是定下這種約定的關係，不過把這個放一旁，說起來畢竟我是做出那種驚天動地告白的男人啊。

她會對我如此警戒，也是無可奈何的……只是這讓我胸口感到一陣苦悶與寂寥。

不過……今天我有著不能用無可奈何就帶過的理由。

咚咚！我敲敲門並開口說：

「紗霧，等等……等一下！我有很重要的事要跟妳說！」

……………等待了幾秒鐘之後，從發出嘰嘰聲響開啟的房門隙縫中，紗霧只露出她的半張臉來。

「重、重要的事情……？」

光是肯這樣回答我，已經是跟四月以前無法比擬的超大進展了呢……因為到三月為止，不管我多麼盡力呼喚，她也都不肯讓我見她一面。

「那、那個……就是……」

紗霧滿臉通紅，而且看起來還很害羞的樣子。

跟第一眼給人的印象不同，她是個會把感情全部寫在臉上的女孩——不過……

……今天的紗霧……好像怪怪的。雖然還是很可愛。

相隔幾天再次見面後，她就突然紅著臉把門關上。

當我說有重要的事情時，卻又是如各位所見的這種反應。

如果說是因為我讓她讀了那篇跟情書沒兩樣的原稿，才讓她對我產生警戒的話，似乎無法說明這個狀況。

「哥哥。你、你有……重要的事情……要對我說？」

「嗯……沒錯。所以，麻煩妳聽我說吧。」

「等、等等！」

「？」

「讓我……準備一下。」

她抬頭看著我並小聲說著，接著把餐點拿進房間以後。

嘰……碰咚。紗霧就把門關上了。

「……………準備？是要準備什麼？」

這句話讓我只能疑惑地歪著頭。

第一章

十分鐘後——

「…………有夠慢。」

在「不敞開的房間」門口，我無可奈何地站在那裡。

說是要準備，但紗霧這傢伙到底在幹什麼？

難道說，是要先把早餐吃完嗎？

哎，她要我等的話，我是會乖乖等就是了。

接著又再過了十分鐘以上的時間……

「不敞開的房間」的房門……終於又再度發出嘎嘰聲開啟。

當然，從裡頭出現的就是穿著睡衣的紗霧——竟然不是。

「咦？」

我吃驚到喊出聲音來。因為房門打開後出現的，不是平常那個穿著睡衣的她，而是換上一件尺寸略大的針織連身裙的紗霧。

「……久、久等了。」

彷彿是不想讓雪白的大腿從這短到嚇人的裙子裡露出來，她用害羞的動作輕輕地壓住下襬。

我不禁移開視線。因為乍看之下，就好像這身服裝底下什麼都沒穿一樣。

喂，這可不是適合光著腳就拿來穿的衣服吧……！

光是想要說「那」這個字就讓我耗盡心力，「那、那身服裝，是怎麼了嗎……？」

「…………很奇怪嗎？」

「是、是不會奇怪啦……」

好煽情。

「……是、是嗎？」

「是、是啊。」

「那就好。」

我偷偷窺探她的表情，妹妹像是很開心地微笑。

我則是心跳加速到好像快要死掉一樣。

為什麼她現在會對我露出這種表情？

為什麼紗霧偏偏選在今天打扮成這副煽情又可愛的裝扮？

已經完全搞不懂了。對我來說，這是有如天堂又有如地獄般的場面。

察覺到我的視線的紗霧，害羞地用手壓住裙子的部分。

「……不、不要盯著人家看……」

「……抱、抱歉。」

呃？為什麼是我在道歉呢？

明明是她自己穿上的，紗霧口中說著「……真是的。」然後嘟起了小嘴。

「那、那個啊。」

「嗯？」

「紗霧……為什麼妳突然穿起這種衣服了呢？之前妳平常都是穿睡衣——啊！難道說！」

「妳終於打算走出房間……」「怎麼可能。」

話才說到一半就被否定了。

……竟然馬上就回答。不過，想想也是啦。如果這傢伙的家裡蹲可以那麼輕易治好的話，我也不用這麼辛苦了。再說穿著如此煽情的服裝也不可能外出。

「那、那為什麼……」

「你不懂嗎？」

「不懂。」

「唔……不懂啊……明明都讓我讀過那種東西了。」

紗霧的臉頰，有如氣球般漸漸鼓起。雖然這樣實在很可愛……但現在不是說這種話的時候。搞不懂她發脾氣的原因，讓我感到無比焦急。

「那種東西是指……那個……原稿嗎？」

「對、對啊。」

紗霧的臉頰溫度快速上昇。我也光是講到這件事就感到害躁。

我讓紗霧閱讀那份跟情書沒兩樣的原稿。

——我，有喜歡的人。

然後就很乾脆地被甩了。

但是……這樣子，為什麼紗霧還會穿起這麼煽情的衣服呢？

我仔細思考，雖然還有些不太自然的疑點，但還是說出自己獲得的結論。

「嗯，讓妳讀過那種東西以後，會因此對我產生警戒也是沒辦法的事情呢。」

我有種預感，今後「我跟紗霧的關係」會依照我的回答內容而定。

我直視紗霧的眼睛說：

「我喜歡妳。」

「！」

紗霧顫抖一下後僵住了。她的臉龐轟隆～～～～～地爆發，連耳根都紅了。

「……怎麼講得……那麼直接……」

「我對妳真的是一見鍾情——但是呢……」

我真摯地宣言。

「我想要成為妳的哥哥。兄妹談戀愛這種事情，是不可能發生的吧。所以妳放心吧。所謂的哥哥，是不會對妹妹做出色色的行為的。」

「──咦？」

「雖然由我來說妳可能不會相信，但我會努力讓妳能夠信任我。」

「不、不、不是這樣子。」

紗霧帶著困惑的表情打斷我說話。

「……為什麼會變成這個樣子？」

「什麼意思？」

「那、那個……那時候我說……『我有喜歡的人』……」

「是啊。所以說那就是『沒辦法回應我的感情』這意思吧。我完全理解。」

「──」

紗霧失去表情。我一下子變得沒辦法看出她在想些什麼。

「…………紗霧？」

「…………………」

紗霧就這麼面無表情地走回房間，戴上耳麥後再走回來。

然後──

「笨蛋～～～～～～！」

她對我釋放出一記超大音量的攻擊。

我趕緊遮住耳朵。

「～～～～～～～～～～～～！怎樣啦！為什麼會這樣！」

「人家不知道啦！笨蛋！就因為你讓人家讀了那種東西……！就因為你跟人家說有重要的事情……！嗚、嗚嗚～～～～～～～～～～～～～真是受不了你！」

啪！她把耳麥扔在地上。

紗霧的聲音依舊混著怒火，並且雙手交叉在胸口。

「那麼……你到底是想說什麼重要的事情。」

「在那之前，妳生氣的理由到底——」

「那已經無所謂了。重要的事情是什麼。快點說。」

這下子，再多問也沒用。

於是，我直接進入主題。

「這個重要的事情嘛……我就直接說了。」

「………………嗯。」

我稍微清咳一下，然後這麼說：

「陪我一起寫企畫書吧。」

「……………………咦？」

幾分鐘後。

我在「不敞開的房間」裡頭，跟妹妹面對面。在盤腿坐著的我面前，紗霧正蹲坐著。服裝依然是那件針織連身裙，所以讓我很難不去注意她的大腿。

「……企畫書……是指什麼的？」

「呃……我之前不是寫好新作的原稿了嗎？」

「嗯。」

「我決定要讓那個原稿出版成書，成為超人氣作品，接著動畫化——然後要跟妳一起觀賞。那就是『我們的夢想』對吧。」

「——嗯。」

「為了達成目標的第一步……就是要讓這部作品被出版社承認為正式的企畫才行。」

「…………原來不是寫完原稿之後，就能夠馬上出書啊。」

我稍微笑了笑。

「嗯，不是喔。得要引誘責任編輯說出『就用這個進行吧』之類的話才行。所以得先做些事前準備。因此，我想要來準備一下企畫書與劇情大綱。」

「…………？」

聽完我說明的紗霧疑惑地歪起頭。

哎呀，果然不太好懂。

「所謂的企畫書就是一種簡報——也就是用來說明自己作品的資料，而劇情大綱就像是整部作品的設計圖。」

大多數的情況下，都是在撰寫原稿之前，將兩者準備好後弄成一套交給客戶。

「簡單說，就是要告訴對方我打算寫部如此這般的超有趣作品，並且詢問對方如果寫出來的話可以出版成書嗎？類似這樣的東西。」

不過這並沒有固定的寫法。如果有什麼最佳寫法存在的話，我也很想知道呢。

「……可是，原稿不是已經寫好了嗎？」

「那個不行。」

「為什麼？明明就很有趣啊。」

「妳也有講過吧，因為太丟臉了所以不能讓其他人閱讀，這是第一個理由。」

「……啊。」

……難道她已經忘記了？

總而言之——因為我們兄妹個人的理由，不管這份原稿多麼有趣，照這樣直接出書實在不太妙。

「而且，即使就這樣交出去，大概會被直接退稿是第二個理由。」

「大概？」

「沒錯，就是『大概』。實際上，不交給責任編輯先看過的話，我也不知道那個人會說出什麼話來。說不定，她『也許』會覺得很不錯而決定出書。不過，這樣是不行的。」

我很嚴肅地說著。

「因為一旦被退稿的話，這份原稿就再也沒有出書的機會。」

「！」

對方一定會叫我改寫全新的題材吧。

實際上，過去我也一直都是這麼做的。

完全不製作企畫書，突然就把完成的原稿交上去。

每當被退稿之後就繼續撰寫全新作品。

好不容易讓企畫通過。

然後新系列開始進行。

我都是用這種方式來進行工作的。

但是，只有這次，我無法採用這個方式。

「我們想要推出成書的，是那份原稿啊。」

因為與情色漫畫老師的約定，以及對紗霧訴說的夢想，都會因此而無法實現。

「絕對不能讓它被退稿。」

「……說得，沒錯。」

我沒有說出口的部分，看來紗霧也已經完全能夠理解了。

「……所以，這次只有一次機會就得分出勝負。我們必須要提出看起來超級有趣的企畫書，讓責任編輯嚇破膽才行。」

「……嗯。」

責任編輯，是能夠跟作者一起把有趣的作品送達給世人們的同志。

我認為她能夠填補我不足的部分，也能讓我獲得成長，更是無可取代的夥伴。

可是，同時她也是會毫不留情地就把我寫出來的可愛孩子們殘忍殺害的死神。

她帶著連我的作家生命都能輕鬆斬斷的巨大鐮刀——可說是從地府而來的不祥使者。

所以——

「情色漫畫老師，妳聽好了。接下來我們要做的事情……就是與死神的搏鬥。」

這可不是在誇大其詞，也不是住隔壁的大師嘴裡講的那些妄想。

這是非常嚴苛的事實。

「責任編輯就是……死神。」

「沒錯，是讓人望之生怯的強敵。為了打倒她，我們需要武器。」

為了打倒死神所需的武器。對小說家來說，所謂的長劍或巨斧——

「就是企畫書！」

紗霧張開嘴，發出「喔喔……」的回應，表現出相當驚奇的反應。

她看起來明明就像個面無表情的角色，但其實她的反應還挺多樣化的。

「……我懂了。但是，我要做些什麼……」

「要交給妳的重責大任早已經決定好了！」

我用力地把雙手擺到紗霧的肩膀上——

「！咦……哥、哥哥……？」

我用無比嚴肅的語氣，對臉紅的妹妹這麼說：

「幫我畫些色色的妹妹插圖吧。」

「…………」

相隔幾秒鐘之後——

「～～～～～～～～～～嗚！」

不知為何，我的臉被妹妹用遊戲手把賞了一記攻擊。

「真、真受不了你！你就是這麼色！哥哥你……哥哥你……真的是太糟糕了！」

在「不敞開的房間」之中，依舊出現了紗霧怒氣沖沖的樣子。

怎麼會這樣呢？我們兄妹間貴重又少有的親密接觸，竟然就是這種攻擊。

「…………」

如果我是個重度被虐狂，也許會覺得不錯吧。

我帶著複雜的心情，撫摸著發疼的鼻子。紗霧則是伸出手指狠狠指著我。

「為什麼要叫我，畫什麼色、色色的妹妹插圖……為什麼要說這種話！」

「這是很普通的要求吧！有什麼好奇怪的啦！」

不然妳說說看自己的職業是啥啊！

「就、就是叫妹妹去畫『色色的妹妹插圖』這一點！」

「我這作品的女主角就是妹妹啊！而且妳不但很喜歡畫色色的插圖還畫得很好，所以我才這樣拜託妳嘛！完全沒有別的意思好嗎！」

「騙人！你絕對是為了色色的理由講的！」

「妳為什麼要這樣下定論啊！」

「因、因為……因為……」

臉頰染上紅暈的紗霧，用雙手壓住短短的裙襬，忸忸怩怩地小聲說：

「因為你喜——喜歡我……不是嗎？哥哥你、你說對我是……一見鍾情。」

「……………唔。」

來這招是犯規吧。

……說不定……我……被妹妹掌握住一個這輩子都沒辦法在她面前抬起頭來的弱點了？

「啊——妳說得對。」

因為也沒什麼好矇混的，所以我就直接講了。

「我最喜歡妳了。」

「…………嗯、嗯嗯。」

「但是！不管怎麼說那都是以身為哥哥來說的喜歡！我對妹妹，是不會去思考些什麼色色的事情！我說不會就是不會！」

「————」

紗霧露出冷淡的眼神，並瞇起眼睛盯著我看。

「哼嗯～哼嗯～哼嗯～」

「……妳那是什麼表情啊？」

紗霧哼地一聲把頭轉過去，還嘟起嘴唇。

「……沒什麼。只是覺得，如果這是輕小說的話。哥哥你剛才這段台詞，應該會被標滿簡單易懂的重點標記而已。」

「這是什麼意思？」

所謂的重點標記，就是指標註在文字右側的標點符號，主要是為了強調該段文章時所使用的。作者各有不同使用習慣，有的人也會規定「明確的規則」來使用。

紗霧緩緩地這麼說：

「像哥哥這樣子，最討厭了。就是這個意思，懂了嗎？」

「………………喔，是這樣啊。」

真是的……看來這條通往兄妹關係良好的道路，路途還很遙遠。

我無力地垂下肩膀嘆氣。接著紗霧也做出相同動作。

「……真是的。」

妹妹一邊發牢騷，同時拿起手寫板在上頭快速地揮筆繪畫。

「……紗霧？」

「…………」

我的問題沒有獲得回應。

紗霧的瞳孔，突然間失去光采。

宛如神靈附身的巫女一般。她那行雲流水地揮舞單手繪圖的身形，有如在執行神聖的儀式一樣。當我注意到時，繪筆的動作已乍然而止。

「——」

她有如書法大師般，畫完最後一筆時擺出餘韻未了的動作。

接著——

「畫好了。」

「什、什麼畫好了？」

「這張，先給你，總之我先把自己的想像繪製成圖。女主角的外觀大致上就是這樣，有符合你想要的，形象嗎？」

「喔喔……」

我注視著手寫板上畫的插畫，呆愣地發出讚嘆聲。

紗霧所完成的，理所當然地是張無比煽情的女孩子插畫。

「太厲害了！」

所謂的插畫，是可以像這樣輕輕鬆鬆就畫出來的東西嗎？

「……這也沒什麼，好厲害的。跟平常比起來，這張我畫得很隨便……」

紗霧低著頭，似乎很害羞的樣子。

……我從責任編輯那裡聽到的消息是「委託給情色漫畫老師的插畫，作畫速度都不是很快」。每一張插畫，似乎都要花上許多時間來繪製。

所以去年因為我一年寫出七本書的關係，似乎讓她相當辛苦。

紗霧現在迅速畫出的插畫，雖然由我看來畫得非常好，但果然還是「不一樣」吧。

「說真的，像這種趕著畫出來的圖……實在很不想給別人看……但是用這種方式，會比較簡單易懂。」

「……這樣啊。」

即使如此……紗霧還是像這樣為我畫出來了。

「真是幫上大忙了。」

我簡短地表達感謝之意。

「嗯。」

紗霧也接受了我的感謝。

「好……」

於是，我認真地看著她為我畫的這張煽情妹妹插畫。

為了不要白費紗霧的一番心意，我老實地提出意見。

「……總覺得不太對。」

「怎麼說？」

紗霧沒有生氣地回問我。

「可以再畫得可愛點嗎？」

「…………這是什麼亂七八糟的要求啊。」

「不是啦，因為……」

「哥哥你拿小說給編輯看的時候，如果對方說出『再寫得有趣一點吧』這種話，應該也會覺得很困擾吧？」

超困擾的。不過，我很常聽到這種話喔。

「再講得具體一點。可愛點……是怎麼樣的可愛法？」

「那個……我想想……所謂的再可愛點……就是那個嘛。」

雖然不是什麼沒辦法具體說出口的話……不過啊……

「那個是什麼？你不說清楚我聽不懂啦。」

「就是說……要再畫得更像妳本人些。」

「——————————————什！」

她的身體猛烈地顫抖了一下，接著……

紗霧的臉轟隆～～～～～～～～～地變得火紅。

「又、又來了！哥哥你又說這種話了！」

她的兩眼變成 ><的樣子，還不停地揮舞小拳打我。

「是妳叫我說出來我才說的啊！」

「你講得比剛才更誇張了啦！竟然對我說！畫張『像我一樣的妹妹』的『煽情插畫』出來！

這根本就速性騷擾！」

妳吃螺絲了耶，還好吧？

「因為妳本身就是我理想中的妹妹女主角，所以這也沒辦法啊！我自己也很害羞好不好！但

這是工作，所以也管不了那麼多了！我可是很認真的！」

「……………………唔、唔嗚嗚。」

可能是我的誠意傳達給她了，紗霧紅著臉沉默不語。
她接著用挑戰般的眼神瞪著我。
「……就、就、就算你說要像我一樣……我也不太懂。」
「唔……？」
「說、說得更……具體一點。」
「妳、妳說什麼……？」
這傢伙剛才說什麼？要我具體的說明妹妹到底是怎麼樣的可愛法？
在本人面前？情色漫畫老師，這門檻未免太高了吧！妳想殺了我嗎？
「這可是工作，而且你是認真的對吧？那就應該，能說出口才是。」
「……好、好吧。」
總覺得好像被強迫進行什麼羞恥PLAY一樣。
「說的也是……要再稍微，怎麼說呢……感覺更有幻想風格一點。」
「幻想風格？」
「像是妖精啊，或是天使……之類的。」
光講到這邊我就快不行了。誰來救救我。
「是、是是是、是……………………………是這種形象啊……」
紗霧也害羞得全身發抖。不過就算這樣，她還是滿臉通紅地拿著畫筆。

唰、唰唰地她在手寫板上描繪角色。

「還有呢？繼續說下去……我邊畫，邊聽。」

紗霧這麼說著，同時眼睛也沒有離開手寫板。

一邊說話一邊繪圖，對情色漫畫老師來說是易如反掌的事情。

我不客氣地開口提出要求。

「喔。再來就是……外貌要比剛才更稚嫩些……胸部也要再小些……」

「唔㖇……我好不容易，才練到能夠畫大胸部的說。」

「妳都為了我那麼拚命練習了，真的很對不起喔。」

我看著妹妹略為單薄的胸部說：

「因為這個女主角沒什麼胸部啊。」

「等等，你剛才是看著那邊說話？」

「不要發火！我不是在說妳的壞話啦！」

「但這是拿我當模特兒的吧！」

「雖然是這樣沒錯，但妳現在先分開來思考吧！」

「這我辦不到！」

「那辦不到也沒關係。聽我把話說完再抱怨，不然這件事會沒辦法繼續啊。」

「…………」

看來她能理解了。

紗霧雖然一直用白眼瞪著我，但最後還是再次集中在畫面上，開始修改插畫。

「……胸部再更小些，長相再更稚嫩些……像這樣，是吧……」

「…………」

紗霧像這樣全心全意作畫的樣子，是最可愛的。

……雖然太過專注於作畫這個行為時，就會像之前一樣變得笨笨的——不過就算如此也能說是別有一番魅力吧。關於紗霧這一面，就連妖精那傢伙也曾經說過類似的話，所以這應該不算是我偏袒自己人。

我帶著發出微笑的心情，看著妹妹最有魅力的一面。

「…………」

注意到我正盯著她看的紗霧微微地抬起頭，然後不停眨眼。

「……怎、怎麼了嗎？」

「沒事，只是覺得真虧妳能這麼輕輕鬆鬆地就修改出來，我好佩服。」

「……這種事……因為有在轉播實況繪圖的關係，已經習慣了……」

原來如此。因為情色漫畫老師經常在玩即時反應觀眾們要求的實況轉播。

是這樣的啊。

「剛才妳說過『這種趕出來的圖不想給別人看』，但是在實況中畫圖就沒關係嗎？」

「轉播的時候……那個……我不太會形容……但有點不太一樣。那不是工作，只是畫來玩的而已……啊，不過雖然說是畫著玩的，我也是很認真在畫，不過就是跟工作不一樣……這樣，你聽得懂嗎？」

紗霧一邊說著的同時完全沒有停下手上的動作。雖然這似乎是個非常驚人的技能，但我卻無法判斷。

「不太懂耶。」

「…………」

紗霧露出有點微妙地不滿的表情。

「算了……繼續說。」

「喔……對了，還有就是希望妳能改變一下煽情感的性質。」

「？」

「現在這個女孩跟妳平常幫我畫的圖相較之下，可說比較肉感也比較煽情，同時裸露度也提高不少，變得很像是會在山田妖精老師的小說裡登場的感覺對吧？我要的不是這種感覺……該怎麼形容才好呢……」

我用右手蓋住臉煩惱一會兒後，這麼說道：

「明明是個幾乎沒有胸部，容貌超可愛但很稚嫩，身體四肢也很纖瘦，完全感覺不到半點情色風韻的小朋友——」

「……」紗霧的太陽穴微微地抽動一下。

「但回過神突然發現，她的裙子掀了起來讓大腿完全外露，不禁讓人內心小鹿亂撞，類似這樣的煽情感。」

「嗚！」

啪！紗霧迅速壓住自己的裙子。

「沒錯！就是像這樣的——」叩！「好痛！」

「給我出去！現在馬上滾出這房間！」

紗霧用單手緊緊壓住裙子前方，並且不停地用手寫板拚命毆打我。

我被逼到不得不後退。

「企、企畫書才討論到一半——」

「不管啦給我出去……！圖我會之後再寄給你！現在馬上給我出去！」

「知道啦！我知道了啦！」

就這樣，我被趕出妹妹的房間了。

雖然發生了點突發事故，但還是有緩緩向前邁進。既然情色漫畫老師都說了之後會把圖寄給我，那麼她會依照我的希望繪製出插畫的這件事，已經不用去擔心了。

看來附上插畫寫出豪華企畫書的作戰，應該會很順利。

我回到自己房間後自言自語。

「問題……在於我吧。」

實不相瞞，不管是企畫書或劇情大綱，我從來沒有好好地寫過。

因為我實在是不知道該怎麼寫才好。

當然，不管是書上或是網路上都有許多範本，而我也有參考過，所以倒也不是完全寫不出來。利用Word軟體，是可以做出一篇形式完整還附有劇情大綱的企畫書。實際上，我現在也能很輕鬆地馬上做出來。

但是……

「總覺得好像不太對。」

沒錯。自從出道以來，不管我挑戰多少次，當我閱讀自己做出來的企畫書時，就只會湧現這種感想。

「該說是力道不足，還是該說太普通呢。我想寫的應該不是這種東西……而是更加讓人感到超級有趣的內容才對……」

為了表現出這種內容，怎麼樣我都需要花費掉三百張稿紙才行。

要我簡約地用幾頁稿紙就寫完，無～～～論如何都沒辦法順利寫出來。

所以——至今為止我才會無計可施，只得把原稿直接交給責任編輯。

我可不是毫無理由地，去幹那種沒有效率的事情喔。

話雖如此，寫不出來我也沒辦法。但又覺得這樣沒辦法順利過關。

雖然想找人商量一下……

「嗯唔——」

當我雙手交叉在胸前煩惱著的時候。

滴鈴、滴鈴的聲音響起，我的智慧手機連續收到幾封簡訊。

「？……怎麼了？」

我從口袋拿出手機，打開信件軟體。

接著畫面上顯示的是——

標題：救救本小姐！

內文：現在馬上！

寄信人：白痴

說明一下，被我用「白痴」這種名字登錄在智慧手機的電話簿裡的人，是住在隔壁的暢銷作家山田妖精大師。

「雖然不知道發生啥事，不過這個就算不理她也無所謂吧。」

我不以為意地打開另一封信件。

結果——

「！」

我整個人不禁緊張起來。

標題：救救我

內文：鄰居她

寄信人：情色漫畫老師

「我馬上過去！」

噠！我立刻起身，緊急衝往剛剛才被趕出來的「不敞開的房間」。

「紗霧！妳怎麼了！」

我在緊閉的房門前大喊，接著房門就被用力打開。跟剛才一樣，紗霧身穿針織連身裙，頭上戴著耳麥出現在我面前。

「哥哥，又是——那個。」

「——我知道，跟之前一樣是吧。」

我踏入房間，馬上就發現異常之處。從窗簾的另一頭，也就是紗霧房間的窗戶上，傳來咚咚咚的聲音。

「真受不了那個白痴……都說過不要來嚇唬我妹了。」

唰！我一口氣拉開窗簾，如我所料，有好幾支玩具弓箭吸附在窗戶上頭。而把弓箭射過來的傢伙，正站在對面的陽台上。

「喂！快住手！妳在搞什麼鬼！」

我打開窗戶，朝著弓箭手大喊。

接著，注意到我的弓箭手，帶著拚死的表情把手指放在嘴唇上不停做出「噓！」的動作。那邊那個身穿充滿荷葉邊蘿莉塔風格服裝的金髮女孩，就是之前提到的山田妖精。

還是老樣子，明明在家裡卻穿著像角色扮演般的服裝。

「『噓』什麼啊……要我安靜點……是嗎？」

有什麼不能大聲說話的理由嗎？

妖精拿出智慧手機來，朝著皺緊眉頭的我示意。

接下來手機發出嗶嗶嗶的聲響。我一接起來，就聽到妖精的聲音。

『是本小姐啦！』

「喔。」

『你沒看到本小姐傳給你的簡訊嗎？』

「看到啦。」

『那為什麼不來救本小姐！這可是美少女的危機耶！』

誰理妳啊，麻煩死了。

「這種事妳去拜託桐人，或是上条之類的小說主角好嗎？」

『你這傢伙！你這傢伙真的是！到底有多麼薄情啊！』

「我只會救我妹妹而已。」

掰啦，我講完後就打算掛斷電話。

『等等！不要掛斷！本小姐會被殺掉！』

她超拚命地阻止我。

『好啦！本小姐願意當！本小姐來當你的妹妹啦……！』

「免啦不需要才不要！我又沒有提出這種請求！——不過妳說會被殺掉，這聽起來還真是讓人無法平靜。」

姑且聽她怎麼說好了。

「是有強盜闖進去嗎？」

『他們就守在樓梯下方，本小姐沒辦法走出二樓房間啦。』

「咦？真的是強盜？」

雖然不知道是真的假的，但聽起來很緊急。

「要幫妳叫警察嗎？」

『那就不必了，快幫助本小姐逃出這裡。』

「要怎麼幫啊。」

『就是那個啊，你之前用過的那招……』

她想要從那邊的陽台跳到這邊的陽台啊。

我回頭偷瞄一眼。紗霧用擔心的眼神緊張地看著這邊。

「不要，我不想讓妳進我妹房間。」

『你、你這個死戀妹的傢伙……到這個節骨眼了還在說這種話……？』

「我又沒說不幫妳。」

『你要怎麼幫我？』

「就是啊——」

——幾分鐘後。

「——這樣幫啦。」

我來到陽台的正下方。

這稍微有點像羅密歐與茱麗葉的場景。

「來，快跳吧，跳下來。」

「這超恐怖的好不好？萬一你沒接住的話，本小姐不就骨折了嗎？」

「下面有墊棉被了啦，而且我會好好接住的。」
「絕對喔！絕對不可以漏接喔！——好、好吧！」
妖精輕巧地跨過欄杆，用手指抓住裙子的邊緣，輕輕跳下來。
緊抱。我用公主抱的姿勢接住妖精。雖然我有作好心理準備，但她比想像中來得輕很多。
「好——看來成功了。」
我對躺在手臂上的這個小不點女生，投以微笑。
「…………」
妖精用手抱住我的脖子，全身陷入僵硬狀態。
當我想說怎麼了呢，往她端正的臉孔望去時。
「……謝、謝謝你。得救了。」
她這麼說著。我驚訝地瞪大眼睛，原來世界上還有這麼稀奇的事情。
「不客氣——好啦，在被發現之前快進去我家吧。」
我就這樣用公主抱的方式抱著妖精，走向和泉家的玄關。

「所以……到底是怎麼回事？妳說他們守在樓梯口……不叫警察來真的沒關係嗎？」
我把妖精帶到客廳，讓她坐在沙發上，向她詢問事情的經過。
「本小姐說過吧……本小姐，現在，正被『那些人』監視。」

「麻煩妳講得更簡單易懂點。」

啊，我突然覺得這樣子應該不是強盜之類的。

「那些人是誰？」

當我這麼一問，妖精馬上臉色發青，雙手環抱著身體開始發抖。

「是『FULLDRIVE文庫』的編輯啊。」

「喂。」

「……那群人是惡魔！竟然監視著嬌弱的本小姐，說要看本小姐是否有好好工作……還說在本小姐寫完新刊的原稿前都不准玩遊戲！」

「ＯＫ！山田妖精老師，快回家工作去吧！」

我發出嘿咻一聲就從沙發上站起來。

緊抓！妖精用盡全力抓住我的襯衫，淚眼汪汪地緊緊抱住我。

「不要把本小姐交出去！征宗老師！拜託你！請讓本小姐在這裡躲藏吧！」

「快給我放手！衣服都要被妳拉長了啦！」

「本小姐什麼都……嗚！本小姐什麼都願意做啦！」

還真是完全不顧自己的形象了。真的有那麼不想工作嗎？

「『什麼都願意做』是吧……」

我把妖精緊緊抓住衣服的手指一根根扳開，同時說：

「……真的什麼都可以？」

「……本、本小姐說到做到！」

為什麼妳突然滿臉通紅啊。

「那麼……說的也是…………」

「咕嘟。」

我對用像是忍著不去上廁所的表情吞下口水的妖精這麼說：

「那就教我怎麼寫企畫書吧。」

「不要啊啊啊！你、你這卑鄙小人！竟然要高貴的本小姐做出那麼猥褻的——什麼？」

妖精說出像是十八禁遊戲的台詞講到一半，突然驚訝地睜大眼睛。

「…………你剛才，說什麼？」

這是我的台詞。妳剛剛才是到底說了什麼？

「就是，要怎麼寫企畫書……」

「不是吧！你、你是認真的嗎？」

啪！她擺出帥氣的姿勢。

「本小姐這位超美少女對你說『什麼都願意做』了耶！你覺得那種要求真的就夠了嗎？」

她是在生什麼氣啊。

「一般來說不會是這樣的吧！你這也算是本小姐的讀者嗎？真不敢相信——————為什麼不提出些色色的要求！」

「誰會做那麼過分的事情！我又不是妳筆下的主角！」

她把我當成什麼了！

「……不過，妳啊……難道希望我提出色色的要求嗎？」

「怎、怎怎怎、怎麼可能會是那樣！你是白痴嗎！」

竟然滿臉通紅地用這種毫不講理的方式發火。

簡直就跟輕小說裡頭的女主角一樣難搞的個性。

不過，這大概是把「自己小說裡的固定橋段」跟「現實」混在一起才會說出來的發言吧。真是的，好歹也是個女孩子，該說她太容易讓人趁虛而入了還是什麼呢。

還好講的對象是我，我說真的。

「所以啊，就請把企畫書——」

正當我打算回到正題上時。

咚咚咚！天花板搖晃了起來。

紗霧正在傳遞訊息給我。

我跟妖精一起抬頭仰望天花板。

「這就是傳說中的家裡蹲必殺奧義……名為『踩地板』的招式吧。這是本小姐第一次聽到。」

上次的事件之後，我把我們兄妹的情況跟這傢伙作了說明。

雖然沒有全部說出來。

「……看來她是覺得『吵死人了』所以在生氣的樣子。」

「等等！你、你聽得懂她剛才是想表達些什麼意思？」

「那是當然的吧，這比摩斯密碼還要精確好懂啊。」

「你這應該是亂說的吧？」

「我才沒有亂說！」

咚咚咚！

「……那現在這個呢？」

「剛才的咚咚咚是『喂，老哥啊，給我上來一下』的意思。」

「我完全搞不懂這跟剛才的踩地板有什麼差別好嗎！」

那當然，外行人是聽不懂的。

「所以啦，我稍微上去一下。」

當我要走出客廳的時候，背後傳來一道聲音叫住我。

「稍等一下！」

「……幹麼啦？」

我只把頭轉過去。

結果──

「……本小姐……也想跟情色漫畫老師見上一面。」

她臉上流露的，是毫不做作的真摯表情。

──沒錯。這傢伙跟我差不多，都最喜歡情色漫畫老師的插畫。她為了想跟情色漫畫老師一起工作，還寫出了好看到亂七八糟的小說，可說是個超級狂熱的大粉絲。

想來也是當然的。如果就住在隔壁……一定會想見上一面吧。而且也還欠這傢伙一些恩情……

「知道啦，我會想辦法的。」

「真的嗎！」

她露出有如花朵盛開般的笑容。

看到她如此率直的喜悅，讓我也變得開心起來了。

「是啊，稍微在這裡等我一下。」

「咦?但是，她不是絕對不會走出房間……」
「交給我吧，我有個好點子。」

我走上樓，被紗霧以「為什麼回來了卻沒有任何報告」為由痛罵了一頓之後，說明一連串事情經過結束，而再度回到客廳。

「征宗!情色漫畫老師她人呢!」

喀磅!妖精從沙發上站起來，擺出迎接憧憬的插畫家造訪的姿勢。

面對這位會讓人發出微笑的死忠支持者。

「就在這裡。」

我把變形為平板型態的筆電，單手遞出去給她看。

「???」

妖精一臉莫名其妙的表情。也對，如果有人說這就是你最喜歡的老師然後拿台筆電給你看，想必一定會很困擾吧。

「看看畫面吧，看畫面。」

「畫、畫面……?」

妖精迅速把臉貼向筆電螢幕。

畫面上啟動的，是全螢幕的Skype視窗。然後出現在上頭的，是把連帽T恤的帽子套上，並且戴上動畫角色面具的——

「嗨，像這樣直接說話是第一次呢——能見到妳我很開心喔，山田妖精老師。」

「……情色漫畫……老師？」

「不，我不認識叫那種名字的人。」

沒錯，紗霧——不對，是以影片轉播時的造型登場的——情色漫畫老師。

這是用Skype的影音通訊功能，與「不敞開的房間」裡頭連線。

這樣一來，就不是以怕生又家裡蹲的少女紗霧身分登場。

是個以友善、個性開朗的插畫家情色漫畫老師身分出現，又不用走出「不敞開的房間」，就能夠與妖精見面的方法。

「……征宗，她說不是耶。」

「剛才那個就像情色漫畫老師的口頭禪啦，不用太在意。」

「是這樣嗎？哼嗯？……這傢伙——跟你那小不點妹妹就是同一個人……呢。」

妖精帶著半信半疑的眼神，仔細盯著畫面看。

接著情色漫畫老師也一口氣把臉靠到鏡頭前面。

「妳不也是個小不點嗎？」

因為戴著面具的關係，這畫面看起來還真超現實。

這時戴著面具的「他」，透過用變聲器轉換而成的奇妙聲音，對著妖精說話。

「嗯？嗯嗯？喂喂喂喂——」

當我以為她要出口嗆聲的時候。

「糟糕！這麼近一看發現妖精超可愛的！喂喂，妳現在穿的是什麼樣的內褲啊？」

「咦？什麼樣的內褲？就是絲質……」

差點就要老實供出內褲樣式的妖精，突然驚覺後，一口氣變得滿臉通紅。

「妳、妳妳妳、妳突然問這什麼鬼問題！害本小姐差點就要順口回答了耶！」

「嘿～～絲質的小內褲啊。顏色呢？果然是白的嗎？」

「好好聽別人說話啦——！」

妖精從我手中搶走筆電，喀噠喀噠地前後激烈搖晃。

「喔喔喔……畫面一直晃動好不舒服。」

因為用機器變聲的關係，感覺更加讓人摸不清她的底細。

「征宗你給我解釋一下！」

妖精奮力地轉身面對我，磅磅！用力拍打筆電的畫面。

「這是什麼鬼？」

「什麼鬼……就是妳最想見到的情色漫畫老師……喔。」

「才第一次見面她就問本小姐的內褲是什麼顏色耶。言行舉止根本就是個好色大叔嘛！」
就算妳跟我說這些……
「嘿嘻嘻，我可以叫妳小妖精嗎？這是本名？幾歲啦？已經開始戴胸罩了嗎？」
「唔唔……！」
妖精露出害羞的表情把螢幕往遠處移開，然後對我抱怨。
「這個變態色胚真的就是情色漫畫老師嗎！該不會是你對本小姐的內褲充滿興趣，才用事先錄好的聲音搞出這場鬧劇吧！」
「誰會幹那種事啊！我對妳的內衣褲半點興趣也沒有！」
我也是現在才知道啊！沒想到情色漫畫老師面對女孩子竟是這種態度……！
「而且啊，只要妳再多跟她聊一下，不就可以知道是不是錄音了吧！」
「呣唔唔……是沒錯…………」
看來她接受了。
妖精用像是抓著髒東西的方式拿起筆電，然後以鄙視的眼神瞪著畫面。
「雖然實在不想承認……但看來這個的確是情色漫畫老師沒錯……」
「跟想像中不一樣嗎？」
情色漫畫老師透過Skype平淡的回答。
「不，反而是因為跟『情色漫畫老師』這個筆名的形象太過吻合而嚇了一跳——再說，妳的

『本體』明明就像是『「銀髮蘿莉美少女」其實是「真祖吸血鬼」』這樣的設定……兩邊的落差也太驚人了吧。」

不要用那麼宅的比喻好不好，雖然超好懂的。

妖精看著我說：

「從你給本小姐閱讀的『那份原稿』看來，這女孩的性格跟那個也相差太大了吧？」

「不，『本體』也很色喔。」

「哥哥！」

情色漫畫老師恢復成本來的性格大喊。妖精指著紗霧問我：

「咦？這個女孩子很色嗎？」

「很色喔，再怎麼說那份原稿的女主角，本來就不是直接照著紗霧的個性寫出來的。」

我應該說過是刻意寫成不讓人知道原型的吧。

「所以說！我一點都不色好嗎！聽人家……聽我說話啦！」

在Skype的畫面上，紗霧不停地拍動雙手。

「哥、哥哥——你讓這傢伙看過，那份原稿了？」

「是啊，我有說過吧。」

那時我跟妖精要閱讀對方的原稿，藉此一決勝負。

妖精也順著我說的話開口。

「本小姐不但看過，還聽說了不少事情。真的是超痛苦的呢，竟然被逼著閱讀那麼熱情的情書……」

「竟然知道那麼多…………………………………………哼嗯～～～～～～～」

怎麼啦怎麼啦。

妖精把平板型的筆電，高舉到面前。

紗霧與妖精雙方的視線，從正面交鋒。

……是錯覺嗎？

她們兩人看起來就像互瞪到要冒出火花一般。

「…………………」

「…………………」

經過一陣子的沉默。

「算啦，也罷。」

先開口的是妖精，她揚起嘴角笑著。

「重新自我介紹一下……情色漫畫老師，初次見面，妳好啊。能夠見到妳真是倍感光榮。雖然妳應該已經知道了，本小姐就是山田妖精。是為了從闇黑之中拯救輕小說業界，而被神選中的天才美少女作家喔。」

跟往常一樣，真是誇張的自我介紹。

「嗯，請多指教呢，小妖精。我就不報名號囉。」

「那倒無所謂——有朝一日，希望妳能夠為本小姐的作品繪製插畫。」

「喔，好啊。那就在下次轉播實況的時候幫妳畫一張吧。」

我覺得，妖精講的大概不是那個意思喔。

『本小姐還沒有放棄要跟妳一起工作這件事。』

她是對情色漫畫老師這麼宣言的，在我聽來就是這樣。

紗霧也不知道有沒有察覺到這點，轉而提出完全不同的話題。

「啊，對了，話說回來……小妖精妳跟和泉老師很熟嗎？」

怎麼可能有那種事，我們才不熟咧。

當然，我是這麼想的，但妖精的回答卻出乎意料。

喀啪！她把手搭上我的肩膀。

「差不多啦！我們可是死黨呢！對吧？」

「不對，才不是吧。」

「你在害羞些什麼啊！我們不是親密到互相叫對方『征宗』跟『公主♡』了嗎！」

「少在那邊捏造事實！我什麼時候叫過妳『公主♡』什麼的了！」

「咦？剛才你用公主抱抱著本小姐的時候，不是有這麼叫過？」

「我才沒叫！在那種情況下還說得出那種肉麻台詞的，頂多只有妳筆下的主角而已了吧！」

「哎呀哎呀，看來是本小姐聽錯了——那麼征宗，今後就請你滿懷崇拜的心意稱呼本小姐『公主♡』吧。不用客氣喔，這是剛才你來拯救本小姐的謝禮，是謝禮喔。」

「開什麼玩笑。熱死人了，快放手！」

我把妖精的手扯開。

「呵呵，不那麼害羞嘛。你這傢伙還真是謙虛。」

這人有夠煩的。

看著我們倆一搭一唱的情色漫畫老師，用毫無感情的機械聲音說：

「哼～嗯……你們很要好啊。」

「所以就說我們沒有很要好嘛。」

「不管和泉老師跟誰打情罵俏，都完～～～～～～～～～～～～全不關我的事！你們是為了讓我看這種事情，才把我叫出來的？」

她在生什麼氣啊。

「不對不對，我剛才也說了吧。妖精想要跟情色漫畫老師見面——而且，接下來要請她教我，就是那個所謂企畫書的寫法。」

「啊啊——說起來好像是有這麼一回事。」

妖精用一副好像「本小姐想起來了」的表情說著。

好不容易回到正題了呢。

我——和泉征宗、山田妖精以及情色漫畫老師，開始進行有關於企畫書的討論。

……才正這麼想著。

「但是，就算你問本小姐企畫書怎麼寫，本小姐也很困擾啊。」

「咦？」

我們的一線希望，突然發出令人期待落空的宣言。

「因為啊，本小姐是個沒有必要『宣傳自己想工作』的超級暢銷作家嘛，企畫書什麼的我幾乎沒寫過，劇情大綱全部都在腦袋裡頭所以也沒有一個個寫出來的必要。再說啊！就是那個啦！企畫書這種東西，怎麼說都是作家想要『宣傳自己有在工作』的時候才要弄的東西吧！」

「——等等，妳剛才，說什麼？」

我好像聽到一個超級嶄新的解釋法。

「例如說啊，如果遇到『雖然截稿日已經過了，但今天卻是新遊戲的發售日』的這種時候，就會花個五分鐘隨便三兩下寫個像是企畫書的東西交給編輯部對吧？接著就會在推特上留個『好！今天很努力地把企畫書寫好囉！』跟『真想好好獎勵自己一下呢！』之類的留言對吧？接下來呢——」

此時妖精露出一臉恍惚的表情。

「本小姐所有可愛的僕人們就會說『辛苦您了！』或是『我們超期待新刊！』之類的話來……這樣子心情上漸漸就會變得好像做了很多工作的感覺……於是就可以爽快地沉浸在新遊戲

裡頭啦！」

「妳就是這樣子才會被編輯部監視啦！」

完全就是自作自受啊。

「本小姐也無可奈何啊！因為那可是新遊戲的發售日耶！」

「我真想告訴妳的支持者們何謂山田老師的真面目耶。大家一定都滿懷著『老師現在一定非常努力的在撰寫小說吧。』或是『真想早點讀到新刊。』這種心情，然後深信著妳在等待吧……真虧妳還能玩遊戲玩得這麼心安理得。」

「不用講到到這種地步吧！又不是只有本小姐這樣！大家都差不多啊！」

「怎麼可能會差不多！只有妳是這樣的吧！」

「才不是！所有人絕對都會為了玩遊戲而偷懶！」

阻止我跟妖精有如平行線般爭論的，是情色漫畫老師的一句話。

「和泉老師他每天都沒有偷懶，很勤奮地在工作喔。」

「「咦？」」

我跟妖精同時轉頭看Skype畫面。

「雖然我是最近才開始注意到，但他每天從學校回來之後，似乎都一～直在寫小說寫到很晚。」

哎呀，被發現了嗎？不過，就算不走出房間，靠聲音跟氣息也是能察覺的。

特別是家裡蹲這類的人，在這部分敏感到讓人覺得他們是不是第七感覺醒了。情色漫畫老師更接著這麼說：

「半夜裡，還偶爾會大喊著『什麼鬼都想不出來啦——』，然後跑到外頭去。」

「那是小說家的職業病，妳就當作沒看見吧！大家都是這樣子的！」

對吧！大家都會這樣吧！原來不是只有我會這樣啊！太好了……！

「——總之，和泉老師在平日就是這個樣子，到了週末還會一直不眠不休的工作到星期一。」

情色漫畫老師用很自豪的語氣說著。但是對妖精就是一副想吵架的語氣。

「其他小說家怎麼樣我是不知道。但是，和泉老師跟妳是不一樣的。」

「……情色漫畫老師。」

這讓我有點感動啊。

「什麼啊噁心死了！噁心噁心太噁心了！」

妖精狠狠地抓住平板並且回嘴：

「少來這套了，每天不眠不休地工作什麼的實在有夠噁心～說起來這個國家裡那種拚命工作然後完全不休息的傢伙好像才比較偉大的風潮，難道不能想想辦法解決嗎？真的不管住多少年都沒辦法習慣呢～或者說應該向本小姐學習一下，多用點聰明有效率的工作方式。為什麼要那麼悲哀，一個禮拜得要整整工作七天才行啊？蠢死了。可以自由安排休假，這不就是我們小說家的優點嗎？」

還真是想講啥就講啥啊，這個金髮。

明明她自己就是因為沒辦法自由休假了，才跑來我們家避難的說。

「妳在說什麼鬼話啊，就算是星期六日也可以不用放假，才是這個工作的好處吧。」

「啊～～是啦是啦，好噁心好噁心，好偉大好偉大。不過，對你來說也許是這樣沒錯吧～～你就自己去搞到爽吧笨蛋，哪天病倒了本小姐可不管。」

「……唔。」

雖然是令人火大的台詞，但只有最後一句話，我不太會形容……聽起來好像有點不太一樣。

妖精把平板型筆電塞回我手上，然後用手磅磅的拍打。

「──所以啦，工作的話題到此結束。畢竟不管再怎麼討論都只會是兩條平行線而已。」

就是這樣。

情色漫畫老師與山田妖精老師實質上的第一次會面，就在這種稍嫌險惡的氣氛下展開。

不過呢……

「喂喂，征宗還有情色漫畫老師。既然很閒，要不要三個人一起玩個遊戲啊？」

妖精像是把剛才說的話都忘掉似的，馬上就變得好像跟我們很熟一樣。

「……我、我說……剛才，我們不是……好像才在吵架嗎？」

情色漫畫老師也在筆電的畫面上嚇呆了。

「而且現在正討論著我的企畫書吧，不要擅自結束好不好。」

「是這樣子的嗎？不過這種事隨便啦——喂，有真妹大殲SISCALYPSE或是快打四嗎？因為我把魔物獵人放在家裡頭了——」

這種非比尋常的轉換速度，就是山田妖精這個女人的特徵。

第一次看到的時候，想必都會被嚇到吧。

之前我與她敵對的隔天接到那通態度友好的電話時，也覺得這是在搞啥。

情色漫畫老師雖然也被妖精的這股威力所震攝，但總算是能勉強回答。

「……我、我不會走出房間……所以如果是用電腦版來……網路對戰的話……」

那是有點跑出「原本」性格的語氣。

「ＯＫＯＫ，那征宗！你的筆電就借我用囉！手把跟零食……還有其他各種需要的東西，就麻煩你準備一下！」

「……不是這樣吧，妳們兩個。我的企畫書……」

「本小姐可是已經給你非常值得參考的建議了吧，接下來就要靠你自己努力啦。」

「但妳講的完全沒有值得參考的地方啊。」

妖精完全無視我說的話。

「情色漫畫老師，妳決定好要玩什麼了嗎？啊，話說妳很喜歡玩遊戲對不對？妳房間裡擺了好多台主機，而且也有在進行遊戲的實況轉播。」

「……算、算是，喜歡……沒錯。」

「果然是這樣！這樣太剛好了！本小姐也都找不到可以對戰的人——」

妖精彷彿像是硬拉著好友陪伴，紗霧雖然困惑但也就這樣被牽著走。

這還真是不可思議的情景。

真是的。

就因為她是這種人——所以才會被她搶先了吧。

跟妹妹一起玩遊戲……這件事，我就算花上一整年，也都還辦不到的說。

這讓我稍微……不，相當地……不甘心。

但是——

「有什麼需要的東西嗎？什麼都行，我去幫妳們準備。」

高興的心情要更加強上百倍。

妖精說得沒錯——的確有比工作更加重要的事情。

現在就把工作忘掉，陪妹妹她們玩一下吧。

因為妖精想要一些零食，所以我到車站前的Summit超市購買。

回到家時，當我打開玄關的門，家裡卻異常地安靜。

「……？」

奇怪了。到我出門之前為止，她們都還吵吵鬧鬧地在用電腦玩格鬥遊戲才對啊。

怎麼啦？難道說遊戲已經玩膩了嗎？

她們的技術水準差不多，應該會打得很激烈才對呀。

我抱持著懷疑把鞋子脫掉，通過走廊前往客廳。

接著緩緩地把門打開。

結果——

「————」

一個無比驚人的光景，直接衝擊我的眼中。

該、該該該、該怎麼說明才好……！那個，就是說！

啊——該死！我就直說了！

妖精把我的筆記型電腦，擺在矮桌上。

然後對著它，把裙子掀起來，露出內褲。

「什、什、什……」

事情太過突然，讓我無法言語。

另一方面，在別人家的客廳做出這種不知羞恥行為的妖精，正面對著電腦。

「是、是這樣嗎？」

像這樣對著筆電講話。不、不是吧不是吧，這傢伙在搞啥。

完全就是個變態嘛，這是要我怎麼辦。

「喂！妳啊！」

總之我先出聲大喊讓她停止這種行為。

「唔咦？」

這下子，妖精終於注意到我這邊，她顫抖之後整個人僵住！

接下來，她以有如人偶般僵硬的動作，把身體轉向我這邊。

「不、不要用那個姿勢轉向我這邊啦！」

我慌慌張張地移開視線，兩手不停亂揮。

「征、征宗？你——你你你、你什麼時候開始站在那邊的？」

妖精有如發狂般大叫，我想她一定連耳尖都變得紅通通的吧。

「啊！難、難道說你這個人！說要去買東西只是虛晃一招？其實一直都在那邊觀賞本小姐出醜嗎？你、你這個變態輕小說作家！竟然這麼不知羞恥——」

她行雲流水地就讓我蒙上不白之冤啦！

「我確實有去買東西，現在才剛回來而已啦！妳看，這是證據！」

我用單手把購物袋遞出去讓她看。

「妳這傢伙才是在別人家搞什麼鬼！啊！難、難道說妳這個人！用、用我的電腦，在色情網站投稿露內褲影片……？」

「才不是！你、你你你、你這個人，為什麼偏偏誤解成這樣！」

「不然妳到底在搞啥啦！都把裙子掀起來了，難道是在錄自己的色情影片嗎？」

當然，我是期待她說出「不對」這種回答。結果——

「沒錯！你終於了解啦！」

竟然猜中了？

「在我的電腦裡保存自己的色情影片檔案，妳到底想要幹什麼啊？」

像這樣客觀地把事實陳列出來一看，這女人還真不是普通變態。

「又不是為了給你看才錄下來的！本小姐就說不是了嘛！剛才這個！是要給情色漫畫老師看內褲的！」

就算誤會解開了，但妖精的變態程度也完全沒有降低。

這傢伙，到底是想展示什麼給我妹妹看啊？

「…………等等，我已經整個混亂了……呃，也就是說，這是怎麼一回事？」

「所以說啦！你出門之後，本小姐跟情色漫畫老師聊了很多！然後也一邊打格鬥遊戲！接著！本小姐拜託她畫一張『本小姐小說中登場女主角的煽情插畫』，當作我們認識的紀念！」

這傢伙臉皮還真厚。

「所以咧？」

「結果啊，情色漫畫老師就說出『我會幫妳畫但是要給我看內褲』這樣的條件。」

「…………………………」

我當場坐倒在地上，有氣無力地抱頭苦惱。

「…………紗霧？」

我刻意用本名，對電腦上的畫面呼喚。

「因、因為……」

畫面上的Skype依舊啟動著，裡頭顯示著一個穿著連帽T恤並戴著面具的可疑人物。

「人家想看內褲嘛。」

完全就是犯罪者的狡辯。要是能這樣就算了那還要警察幹嘛。

不過這不是情色漫畫老師的說話語氣，而是紗霧的語氣這點算是不幸中的大幸。

「從第一次看到山田老師開始，就覺得她這身穿著好誇張，所以也就很在意她到底會穿著什麼樣的可愛內褲……」

可以請妳不要透過變聲器講出這種話來嗎？

雖然剛才妖精也講過了，但這聽起來真的很像色老頭的台詞。

「發現可愛的女孩子，就會不由自主地想看看她裙子底下的內褲，這是插畫家無可救藥的習性。每個插畫家都是這個樣子的。」

這發言真是相當危險，現場沒有其他插畫家在真是太好了。

「因為這樣，本小姐才對情色漫畫老師做出那種羞恥的姿態，作為請她幫本小姐畫一張插畫的代價。那個煽情的姿勢也是情色漫畫老師指定的，還請你不要誤會。」

「呵呵……這樣一來，下次要畫山田老師的裸體時，一定可以畫得更加完美。」

「…………也許妳們意外地會是一對好搭擋呢。」

還成立了雙贏的關係。

「本小姐就說了吧。你也這麼認為的話，就快把情色漫畫老師讓給本小姐吧。」

「那當然是不可能的。」

看來妖精也不是認真的，她唸了一聲「呿」就放棄了。

「對了，情色漫畫老師。剛才妳說『下次要畫本小姐的裸體時』對吧？怎麼說得好像之前也有畫過一樣？」

「嗯，我畫過，然後給哥哥看了。」

「喂！等等！」

我的名字突然浮上檯面。

妖精用混雜著輕蔑與羞恥的眼神看著我。

「……征宗……你這個人……有夠差勁……」

「這是誤會！那個，紗霧……！妳竟然講這種會招致誤解的發言！剛才那種講法，不就好像是我拜託妹妹畫出隔壁鄰居的裸體一樣嗎……！」

「山田老師……哥哥是個最差勁的變態這件事，妳到現在才發現嗎？」

「妳也不要趁機讓事情惡化好不好！可惡，說什麼我都一定要解開這個誤會！誰都無所謂，但我就是不想被妖精說成是個變態……！」

「咦？這話什麼意思？難道說你喜歡上本小姐了嗎？」

「我是不想被一個變態說變態啦！」

「其實你是喜歡本小姐的吧？你很想跟本小姐這個高貴的天才美少女作家大師結婚對吧？」

煩死人啦啊啊啊啊啊啊啊！我不想再理這傢伙啦！而且一直怒吼讓我都開始喉嚨痛了。

就這樣，和泉家的客廳陷入了吵吵鬧鬧的慘狀。

此時。

叮咚，電鈴聲響起。

「誰啊？」

我把妖精跟情色漫畫老師（in平板電腦）留在原地，前往玄關。

「來了，請問是哪位——唔嘎。」

一打開門，我馬上僵住。因為那是最近才見過的一群人。

是六月一日那天，把妖精從她家帶走的那群墨鏡黑西裝集團。

不用想也知道，他們一定是來尋找從房間中消失的妖精吧。

「…………………」

「……………」

我與黑衣集團無言地對看著。

前幾天那個事件中，我的底細以及跟妖精的關係都被這群人知道了。

要裝作不知情看來很困難。好啦，該怎麼矇混過去呢——

——說起來，不用幫她矇混也無所謂吧。

一分鐘後。

「哇啊啊啊啊啊！征宗你竟然出賣本小姐啊啊啊！」

我家客廳裡出現，妖精被黑衣人們逮捕，哭得呼天搶地的樣貌。

「不要啊啊啊！本小姐不想工作啊啊啊——！遊戲！讓本小姐玩遊戲！而且接下來，情色漫畫老師要幫本小姐畫色色的插畫啊——！」

被墨鏡黑西裝的女性成員抓著腳的妖精用指甲摳著地板發出嘎吱嘎吱的聲響，就這樣被拖著拉走。雖然上次就這麼覺得了，但這還真是可怕的場景。

妖精被拖到玄關的場面，我只能緊張地在一旁看著。

「唔！本小姐死不瞑目……！不過征宗，本小姐相信你！你一定會來拯救被惡魔所囚禁的本小姐……！本小姐相信你一定會來的！拜託你盡早過來啊！」

別說傻話了。

「嗚、嗚啊啊啊啊！」

嘎吱嘎吱嘎吱嘎吱——啪磅。

大門關上後，剛才還那麼吵鬧的家裡，一下子變得十分安靜。

「……真受不了……吵吵鬧鬧完以後就這麼回去了。」

就這樣，妖精她從我家被帶走，然後就被囚禁在位於新宿的出版社大樓裡頭。

「……哥哥，那個人拜託我的插畫，我還沒有畫耶……怎麼辦。」

「之後再傳給她就好啦——比起那件事。」

我用複雜的眼神看著ＰＣ畫面。

「……這個露內褲影片……該怎麼處理啊。」

「把它傳給我，然後立刻將原始檔案砍掉。絕對不可以看。」

「……呃，這個影片如果保存起來應該很糟糕吧。感覺是只要放在電腦裡頭，就會因為兒童保護法被抓起來。」

「沒有問題。我們都是女生，而且這是要使用在藝術上的——所以快點傳給我，現在正是靈感湧現的時候。」

妳就那麼想看內褲喔，那看自己的不就好了。

我實在很想這麼說。

「……真是受不了。」

我面向筆電的畫面。情色漫畫老師脫下面具，露出她那惹人憐愛的臉龐。我對妹妹詢問：

「我說，紗霧啊。我出門買東西的時候，妳跟那傢伙聊了些什麼呢？」

「──也沒特別聊些什麼。」

「是嗎，那妳覺得妖精這個人怎麼樣？」

「奇怪的人。」

「哼嗯。」

「……什麼？」

「不，沒什麼啦──哪天再找她來家裡玩吧。等那傢伙的原稿順利寫完之後。」

「……………………」

經過些許的沉默之後。

「嗯。」

紗霧這麼回答。

情色漫畫老師
ero manga sensei
第二章

妖精慘遭收監之後，我馬上回到自己房間開始工作。

一打開電腦，就發現責任編輯有寄信件來。

現在，我是處於對責任編輯說「關於新作原稿，請再等候一陣子。」的狀態。

所以到底——

標題：新作還沒好嗎？

內文：已經確保好出版缺額，就等你來囉♪

想知道詳情的話，就在明天下午五點打電話來吧。

寄信人：神樂坂菖蒲

「……這實在是怎麼看都不像工作用的信件。」

不過——這內容可不能視而不見。

……也就是說，只要現在能讓企畫通過，就能夠馬上出版……是這個意思吧？

「既然如此，得加快腳步才行！不把玩掉的時間彌補回來就慘了！」

雖然暢銷作家大師的建議，完全沒辦法當作參考……

但我邊玩邊思考……可也想出了好幾個作戰方案來喔。

作戰一——這個作戰已經在進行了。

請情色漫畫老師畫出超級煽情又可愛的插畫，製作出豪華無比的企畫書。

「這點應該會很順利。說起來，這招算是有點犯規吧。」

一般來說，肯幫忙到這種地步的插畫家，可以說幾乎沒有。

我真是個蒙受恩惠的幸福作家。

「但是，不管請她畫出多麼強大的插畫，如果內容不有趣的話可行不通。」

如果把開頭不夠有趣的原稿送去給神樂坂小姐，她會草率地隨便看看後就直接退稿，不過這在一般讀者之間也是相同道理。

畢竟我們不能夠期待，會有人特地把無聊的書整本看完。

如果一篇故事就連責任編輯一個人都沒辦法說出「有趣」，那我想也沒有出書的意義了。

因此，作戰二。

修改現在的原稿，把有問題的部分消除並且讓它變得超級有趣。

接下來，以這個完成的原稿為基礎，製作出企畫書與大綱送去編輯部。

然後，如果對方感覺不錯的話，就馬上把修正後的原稿送過去。

只要我的企畫書夠有趣，她應該就能稍微忍耐一下——至少應該能讀完三十頁吧。

接著，在開頭順利讓她覺得「有趣」，就能夠讀到最後。

「……雖然一般來說，應該是企畫通過之後才開始撰寫原稿才對。」

但我覺得現在這種方式應該是最好的選擇。

我寫原稿算是滿快的，而且這是個無論如何都必須通過的企畫。

到此為止我都有好好考量過。

然後，接下來。要把現在這份「只為了給紗霧閱讀的小說」原稿，重新改編為「能讓眾多的讀者愉快閱讀的小說」才行。

「唔姆……」

到這邊就卡死了。

要修改已經寫出來的東西，比重頭開始寫新東西要辛苦多了。

要問我為什麼的話，理由倒也很單純，因為非得要比修改前更有趣才行。

如果那麼輕易能辦到的話，從一開始我就會這麼做了。

「修改原稿」對我來說，真的是非常不擅長又會讓我感到焦躁的部分。

不過……當順利修改完成，作品變得更加有趣的時候，也會獲得相對應的成就感。

「好啦……該怎麼辦呢。」

當我自言自語時。

咚咚咚！

紗霧在呼喚我了。這是「稍微過來一下」的咚咚咚。

「來啦，嘿咻。」

我從椅子上站起，往「不敞開的房間」走去。

走上二樓，敲敲妹妹房間的門。

「紗霧，我來囉。」

接著遠離房門幾步，稍微等待一下後。咻！房門伴隨著一陣破風聲響打開。

「哇啊……好危險。」

雖然沒辦法接住，但我總算能成功迴避門扉攻擊了。

這就像哥哥等級提昇到二……的感覺吧。

從房間裡走出來的紗霧，在針織連身裙底下穿了件運動褲，怎麼說呢，真是太糟蹋這身打扮了。她一如往常地還是戴著耳麥，不過那有如感冒般通紅的臉頰讓我很在意。

我對這樣的妹妹出聲詢問「嗨……妳還好吧？」

「什麼還好？」

「不是啦，因為妳臉好紅喔。」

「咦？」

紗霧開始對自己圓滾滾的臉頰摸啊摸的。

然後，笑嘻嘻地……露出我未曾見過的表情。

「————」

我不禁心跳加速……這、這是什麼煽情的表情……

「嘿嘿……興奮中。」

「興、興奮？」

怎、怎麼一回事？當然我是想到色色的意思上——

「快看看，這個。」

咚。紗霧眼神中充滿興奮的光彩，然後把手寫板推到我胸口上。

「喔、喔喔？」

怎麼啦怎麼啦？她會把手寫板拿給我——難道是我拜託她畫的插畫已經完成了嗎？

我拿起來看，上頭畫著一個女孩子的插畫——

「喂！這是什麼啊！」

看到那張圖，我忍不住這樣吐嘈。

因為呢，那個女孩子是個金髮蘿莉，還穿著充滿荷葉邊的蘿莉塔服裝。

而且啊，還擺出把裙子掀起來讓人看內褲的姿勢。

「看到了嗎？看到了吧？我很厲害吧！」

能夠超級開心地把這種情色插畫拿給我看，妳的神經真的不是普通大條。

「很棒吧！我畫的這張插畫！」

「呃，雖然的確很棒沒錯！」

但原始題材怎麼想都是那個對吧？

「這個內褲的色色皺摺！這個羞恥的表情！快看……絕對會臉紅心跳對吧？」

一想到模特兒是那個傢伙，真的可以臉紅心跳嗎？

「呵嘿嘿嘿……因為畫得超棒的……就想要跟哥哥炫耀一下。」

不妙。

太可愛了……

我真的很喜歡她。

光是看著妹妹，就感覺非常幸福了。明明想說要好好吐嘈她一頓的。

當我寫出超有趣的劇情時也會像這樣，所以這種心情我很了解。這部分不管是小說家還是插畫家，看來都是一樣的呢。

紗霧把手寫板——自己畫的女孩子，用一臉陶醉的表情抱在懷裡。

「可以現在就去開個實況，把這張圖給大家看嗎？」

「等等！還是不要比較好！」

「咦？為、為什麼？」

「沒啥為什麼的吧！這張圖，怎麼看都是拿妖精當模特兒畫出來的吧！」

「嗯。」

「對嘛！那當然是不行的吧！說起來，妳的實況那傢伙絕對會收看啊！要是到時候出現個跟自己長得超像的角色在露內褲，妳覺得她會怎麼想！」

「？……很開心？」

「這可是會轉播給全世界看到的耶！山田老師在妳心中到底是個性癖多麼變態的人啊！」

當我以充滿常識的言論對她吐嘈後，紗霧突然變得淚眼汪汪。

「嗚嗚……但是，人家好不容易畫出這麼可愛的插畫……」

唔……

做出要別人不要把作品公諸於世的判斷，比想像中還要痛苦。

當我的責任編輯把我的作品退稿時，這種苦楚——應該是半點都沒有吧。

畢竟她都講得超隨便。

不過，她是她，我是我。我——沒辦法把情色漫畫老師那麼開心地展示給我看的作品白白浪費掉。

而且——

「……那張圖，可以再給我看一下嗎？」

「…………………嗯，可以啊。」

「謝啦…………………啊啊……重新仔細看看，果然是這樣沒錯。」

情色漫畫老師算是對自己的作品相當嚴格的人，會這樣自賣自誇，對自己畫的女孩子發萌，代表這真的是張非常高水準的插畫。

就這樣放著生灰塵實在太可惜了。

又或者該說，不是想這些的時候了。這種有如閃電迸裂的感覺——

「好……很好…………………太好啦！」

——妖精，抱歉了！

我在心裡對妖精道歉——然後笑著說：

「紗霧！我不會讓妳畫的這個角色白白浪費！由我來幫她注入生命！」

「咦？」

紗霧眨了眨眼。

「什、什麼意思？」

「意思是說，我要讓這個角色在我的作品中登場。」

「咦、咦咦咦……？」

「我靈光乍現了！看了這張插畫……現在我能寫出無比有趣的劇情來！」

要以妹妹作為女主角——跟當初這麼大喊的時候，非常相似的感覺。

「不好意思我已經決定了。不管是誰都無法插嘴。就算是妳也一樣——嗯——沒錯，就是這樣沒錯。就是這個，是這個……！呵呵呵呵呵呵！越來越有趣啦……！」

腦漿不斷地轉動。各種點子接二連三，毫不停歇地湧現。

「存在」於我眼前的女孩子，已經在我腦袋裡時而放聲大喊，時而帥氣地活躍，又或者正在談場熱情的戀愛——她現在在編織著「只有我才看得見的故事」。

我拚命傾聽著「她」所喊出來的每一句台詞。

絕對不能漏聽任何一句話。既然要把她寫出來，就不能讓她只是個仿冒品。

我必須盡早將這個超級刺激的劇情，將這個旁若無人的超級女主角的魅力讓眾多讀者閱讀才行。我感受到一股不能假手他人的使命感。

因為太過於集中，讓我完全無法注意到現實中的任何聲響。

嘎！我奮力地回頭。

「很好！我懂啦！馬上就回房間！開始大寫特寫吧！」

當我正要衝出去時，突然感覺到衣服好像被什麼拉住了。

「嗯？」

什麼東西？好不容易正進入文思泉湧的狀態不要來妨礙我好不好。

我不爽地回頭一看，妹妹正緊緊拉住我衣服的下襬。

——啊。

「抱歉……」

「……唔姆。」

紗霧抬頭看著我，瞇起眼睛。我感覺有點困窘。

「啊，哈哈……話才剛說到一半呢。」

我雙手合十並緊閉雙眼，重新對紗霧道歉。

「非常抱歉！我的老毛病又犯了！」

一旦靈感湧現——我就會完全不聽別人說話，或是該說意識就會神遊到那上頭去。

「…………」

紗霧沒有回答。

果、果然生氣了嗎……我戰戰兢兢地睜開眼睛，結果卻看見意料之外的情景。

「……沒關係。」

紗霧無言地緩緩搖頭。

接著她露出溫和的微笑。

「嘻嘻。」

「？」

這、這個微笑……到底是……？

我完全不清楚妹妹感情產生變化的理由。不過看來心情是變好了……

當我一臉不可思議地看著她，紗霧保持著微笑小聲的說著。

「……只是覺得……有點……而已。」

聲音太小完全聽不清楚，但她的臉頰卻微微泛紅。

「什、什麼？」

「沒、沒事啦，只是覺得有點噁心而已。」

紗霧用有點著急的語氣回答我，接著就紅著臉低下頭了。

「…………」

被妹妹說有點噁心，真是超級難過的。

我還以為，她會紅著臉說出一些令人害羞的台詞來。

好，那就當作啥都沒發生地回到主題上吧。

「那、那個，紗霧啊。我一直在煩惱要怎麼做才能讓『那份原稿』更有趣——現在我想到了。」

我重新將內心所誕生的事物化為言語。

「我的小說，要讓許多的可愛女孩子登場！因為有許多可愛女孩子登場的小說，每本都超有趣的！」

「…………」

紗霧呆愣地看著我，最後低聲說了句。

「……總、總覺得太理所當然了，好像有點蠢。」

「不要管啦！」

好好地把理所當然的事情完成是很重要的吧！

「呃……所以啦……我就想到了。」

「……嗯、嗯嗯。」

「如果妳能再讓我看些，連妳自己都會發萌的可愛插畫的話——說不定我就能再發想出全新的點子出來。就像剛才那樣。」

「…………」

紗霧驚訝地張開嘴巴。

「…………真的嗎？」

「是啊。」

總覺得這好像又跟普通情況相反了。

「只要情色漫畫老師妳願意的話——可以，再多畫幾張嗎？」

紗霧不停地眨眼，接著——

「嗯！」

她露出有如陽光般燦爛的笑容。

不過接著她馬上發出，啊的一聲驚覺。

「……人、人家才不認識叫那種名字的人。」

真是的……不要想到了才又說這句話好嗎？雖然我也差不多該習慣了。

我忍住笑意對她說聲「請多指教啦。」

就在我們兄妹這樣交流後的隔天。

放學後。我在自己房間裡，正在撰寫昨天想出來的新女角色登場時的劇情。

「讚啦啊啊啊啊啊！太讚了！超有趣的！唔喔喔喔喔，糟糕！難道我是個天才嗎？應該是神吧？呵呵呵呵！贏定啦！這麼一來就算是航●王我也不放在眼裡！」

因為工作太過順利，讓我的言行舉止都變得跟山田妖精大師沒兩樣。

但是，情緒高亢的時候，我想大家一定也都是這樣吧。

山田妖精大師一定就是情緒高亢過頭，才會得了一直陷入得意忘形還永遠治不好的病的異常狀態。

「不過呢……還真是寫得有夠順手。」

不過要高興還太早了。在給別人閱讀過以前，無從得知是不是「真的很有趣」——更何況，能夠這麼順利地把角色創作出來，都是情色漫畫老師的功勞。

證據就是，雖然宣言說要讓其他女孩子也登場，但這部分卻一點都不順利。

「說起來，新角色要怎麼樣創作才好啊！完全搞不懂啦！」

碰磅。我誇張地趴倒在桌上，大喊著身為職業小說家所不該說出的台詞來。

你平常都是怎麼創作角色的啊！而且你不是才剛創造出一個很強大的角色嗎！雖然應該會被這樣罵，但是該怎麼說呢，之前都是叮咚一聲地靈光一閃，回過神來原稿就已經完成了啊。問我到底怎麼寫出來的，我還真是沒什麼記憶。

難道大家不是這樣嗎？

可惡……帶著不好的回憶撰寫小說的時候，倒是都記得一清二楚。

對我來說，執筆小說是有如天堂般的夢境，也是有如地獄般的現實。

「唔嗯——」

撰寫戰鬥型小說時，雖然都會像對決復活邪神2的七英雄時一樣叮咚叮咚地冒出新點子來，但是這次靈光一閃的次數還只有兩次而已。

一次是決定要寫妹妹類型的小說時。

另一次，就是情色漫畫老師給我看了那張超可愛又煽情的插畫的時候。

「真糟糕…………這樣不就變得完全在依賴情色漫畫老師了嗎……」

當然我自己也還是會繼續發想——但總覺得，下次的「靈光一閃」得要等到情色漫畫老師畫出下一張插畫的時候了。

正當我不自覺地抬頭仰望天花板時。

我的筆記型電腦傳來Skype的通訊聲。

「哎呀……是情色漫畫老師傳來的嗎？」

說起來，為了讓妖精跟她對話這個目的，我讓她們透過電腦通話。

在踩地板、電話之後，我跟妹妹的溝通交流手段，又新增了Skype這一項……看來似乎是這樣沒錯。明明住在同一個屋簷下，還真不可思議。

不管怎麼說，聯絡手段增加是件好事。

我點下回答按鈕。

「我在，怎麼了嗎？」

「哥……和泉老師。」

透過變聲器，我聽見情色漫畫老師的聲音。

「那個，雖然有點難以啟齒……但是發生一個嚴重的問題了。」

「嚴重的……問題？是、是什麼啊……？」

我不禁產生許多負面想像。

「就是啊……看到超級可愛的小妖精，讓我的靈感不停地湧現，雖然我狀態絕佳地繪製插畫——」

情色漫畫老師以非常沉重的語氣，把那個重大無比的「問題」說出口。

「但是我變成只畫得出蘿莉了。」

「…………這個，的確……是個很嚴重的問題呢。」

總而言之，似乎就是這麼一回事。

因為靈感來源的妖精是蘿莉的關係，被她的形象牽引，於是就變得只能畫出稚嫩的蘿莉少女來了，看來是如此。

「不過，那樣也無所謂吧？只要夠可愛的話。」

畢竟妳原本就老是在畫平胸女主角。

「我也想畫不同類型的女主角啊！而且，增加變化性也是很重要的吧？」

您說得沒錯。

都經過一番苦練，變得也能夠畫出巨乳女角色了，或許會想畫畫看也說不定。

「我了解問題所在了……但我也不知道該怎麼解決這問題喔。」

「真想多看些可愛的女孩子呢。」

情色漫畫老師非常率直地說出她的需求。我也很自然地這麼回答：

「看鏡子不就得了。」

「哥、哥哥你又說這種話了！」

紗霧關掉變聲器，用原本的聲音對我怒吼。

「我不就說這樣子沒辦法解決問題嗎！」
「這什麼意思啊？」
「所以說……就是……」
紗霧難以啟齒似地支吾其詞，但最後還是自暴自棄地說了。
「那樣子，沒辦法解決問題吧。你、你以為我以前為什麼都老是只畫平胸女角色啊……！」
「……啊啊。」

——沒有直接看過的事物，我不想畫。

「情色漫畫老師的情況，就算看著自己畫，感覺也只會發生跟妖精一樣的問題。」
「嗚……沒、沒錯！……我都被逼得自己說出口了，你要給我負起責任！」
「啥責任啊？」
是要我怎麼樣。
「我想看可愛的女孩子。」
紗霧重複著跟剛才相同的台詞。
「如果影片也可以的話，參考電視上出現的偶像之類的不行嗎？」
「以前是都這樣解決沒錯。但是，現在我想要的，是看到小妖精時那種嗶嗶嗶的感覺。」

「難道說，妖精是正中妳喜好的類型嗎？」

說不定，就是因為這樣她才會去偷窺那傢伙的房間？真是這樣的話，對情色漫畫老師的認識就必須重新評估一下了。

「我也不清楚，但我覺得小妖精很可愛。現在我正在拚命思考，怎麼樣才能不走出房間，也不讓她進入房間，就可以在近距離直接看到她內褲的方法。」

喂，我好像聽到什麼很可怕的性癖暴露自白。

「總之妳就是不打算從房間裡頭出來是吧……」

不想讓人進去這也挺意外的，因為她偶爾還肯放我進去。

「總而言之，除了小妖精之外，我還想看其他能感到嘩嘩嘩的女孩子！這是為了可愛的新女角色！也是為了畫出能讓和泉老師嚇到合不攏嘴的超強插畫！」

「聽妳這麼一說，我也想到現在如果沒有妳的插畫，我自己的工作也會完全沒辦法進行，不過雖然很想要幫助妳……」

「哥哥認識的人裡頭，有沒有長得可愛，胸部又大，還能夠讓我看內褲的女孩子？」

「怎麼可能會有！」

就算真的有，我也不可能去拜託對方做這種事！而且這傢伙一扯到跟插畫有關的事情，性格也改變太多了吧。應該把這稱作「情色漫畫老師模式」才對。

「那、那就，找個什麼……找個什麼可以代替的東西來吧！」

「找個可以替代的東西，例如說像什麼？」

「不知道！反正就是能讓猛烈渴求嗶嗶嗶的女孩子的我，得到滿足的某種東西！」

「唔嗯…………知道啦，我來想些辦法。」

接下了來自情色漫畫老師的委託……但卻想不出什麼好辦法。

「就算跟我說啥嗶嗶嗶的也沒用啊……」

雖然沒什麼資格講別人，但就因為這樣所以我才聽不懂感覺派的人在講什麼。

當我雙手交叉環抱煩惱這件事時，智慧手機響了起來。

「喂，我是和泉。」

『啊，哥哥！午安！』

從電話另一頭，傳來充滿朝氣的聲音。

打電話給我的人……

「……是惠啊……」

神野惠。最喜歡交朋友，同時也是紗霧她們班的班長。

她用盡辦法想把不肯上學的家裡蹲少女拖出家門，可說是情色漫畫老師的天敵。

『哈囉哈囉，我是大家最喜歡的惠惠喔。幽靈鬼屋那件事，後來沒事吧？』

「喔，讓妳擔心了呢。已經沒問題啦，那個單純只是鄰居而已。」

「這樣啊。那真是太好了，還好不是幽靈。」

就是啊。都怪妖精那傢伙，給我搞那種把戲……

『對了，哥哥……你覺得我現在……是怎麼樣的打扮呢？』

「呃，這我怎麼知道。」

當我這麼回答，惠就以調皮的聲調低語：

『是、裸、體♡』

「！」我不禁心跳加速並在一瞬間僵直「裸、裸體……唔。」

這傢伙，剛才……說了……

『嘻嘻，其實啊，我現在正洗澡～～』

嘩啦。我聽到浴室的水聲。

什、什麼啊！是在洗澡啊……！

嚇、嚇得我心跳加速～～！害我還想說現在是怎麼回事！

『哎呀哎呀～～？哥哥你怎麼不說話了……難道說…………是在想像些什麼嗎？』

「才、才沒有。」

「又在裝傻了……真是～～哥哥好色喔♡」

嘩啦、嘩啦，惠很故意地激起水聲讓我聽見。

『對了，好色的哥哥？為什麼都不打電話給我呢？……人家等你好久了。』

「就、就算妳問我為什麼……」

雖然我們的確交換了電話號碼……

不過要打電話給才見過兩次面的國中女生，這門檻實在太高了。

「……因為沒事要找妳啊。」

『啊！哥哥你好冷淡喔。我們不是都約好了嗎？』

「約、約好什麼？」

有嗎？哪件事啊？

『不記得了嗎？就是那件事啊……那、件、事♪』

惠以非常撩人的聲調對我低語。

『就是我跟哥哥的…………同盟啊♡』

「約定是指那個喔！」

她用那種奇怪的講法，害我以為是什麼事咧。

我跟惠剛認識的時候，組成了「讓紗霧重獲新生的同盟」。

『那麼，小和泉她在那之後情況如何呢？』

惠的聲調稍微變得認真。雖然是個很亂來的傢伙，但她確實是真心在為紗霧擔心。惠和妹妹在同一個班級，真的讓我很安心。

總有一天，為了紗霧下定決心要去上學的那一刻。

『她有從房間出來……了嗎？』

有過一次，她踏出過……一步。

——但我不會說出來的。因為那一次，在各種層面上都有特別的意義。

取而代之地，我說出另外一件事。

「這麼說的話……紗霧她……最近好像交到朋友囉。」

『咦？又是在網路上交的嗎？』

「不，是現實中的事情。」

『等等，這件事請說的詳細點！』

我好像是第一次看到惠這麼氣勢洶洶地追問。

「剛才我有說過吧。幽靈的真面目就是鄰居——那女孩跟紗霧差不多年紀喔。而且也沒有去上學，是個境遇跟紗霧很類似的傢伙。接下來……雖然發生了很多事情……但她們現在是會一起玩遊戲的交情。」

不過是透過Skype就是了。

當然這是在講妖精的事情。聽完我解說的惠，似乎顯得有些動搖。

『喔、喔喔……這、這不是……進展迅速嗎？』

「是啊，進展迅速呢。」

『唔………那個，我可以說出真心話嗎？』

「嗯，請說。」

聲音帶著些微顫抖的惠，在得到我的許可之後，嘩啦的發出巨大水聲。

『好不甘心！被搶先了啦！人家想要成為小和泉第一號朋友的說！』

她大聲的喊叫。

「……是嗎？」

因為實在灌注太多感情，完全傳達出她確實是說出真心話了。

「謝謝妳啊。」

妳是真的很想跟紗霧成為朋友，謝謝妳是這麼想的。

『？你說了什麼嗎？』

「不，沒事。」

『是嗎？嗯～不過……遊戲嗎？從這邊著手會比較好嗎？』

「妳在說什麼啊？」

『就是在說新計畫的事啊，為了讓我跟小和泉能夠成為朋友的計畫。』

……這傢伙。

「妳現在都不會說要讓她去學校，或者是要把她從房間拉出來了呢。」

『那都是以後再說了。總之，我覺得應該先從當上朋友開始。』

「喔喔。」

真是正向。總覺得，我也該好好學習惠的這種心態才對。

「……那個，我也可以說說自己的真心話嗎？」

『？請說？』

嘶～呼～～我深呼吸，接著把真心話說出口：

「我也很不甘心。紗霧交了朋友……我覺得，就好像被搶先了。就跟妳的心情一樣。」

『…………我就知道哥哥也是這樣。』

惠好像嘻嘻地微笑了一下。

『我們真是對好夥伴呢。』

「搞不好真的是這樣呢。」

組成同盟的夥伴。

接著有段時間我們都沒有開口說話。不只我大概連惠也都在思考著「該怎麼辦才好」。

最後，是惠先開口說話：

『那個……哥哥。現在能跟你見個面嗎？』

「……現在嗎？」

這傢伙用這種台詞對我低語，讓我有種反過來被她搭訕的感覺。

『是的，就是現在。如果哥哥方便的話——我想跟哥哥商量新計畫的事情。』

「喔喔……是這樣子啊。」

既然如此，那就沒理由拒絕。畢竟現在工作剛好也陷入四處碰壁的情況。

到外頭走走順便思考一下也不壞。

「好啊，要約在哪邊比較好？」

『這個嘛，車站前的——高砂書店，哥哥知道嗎？』

「那當然，我每天都會去光顧呢。」

應該說，那是我同學家啊。只不過我在想，為什麼會選擇約在書局會合呢？

『那這樣，因為我正在洗澡……五十分鐘後就約在高砂書店碰面吧。』

妳也洗太久了吧。

「喔，那就到時再見啦。」

『好的。請多指教喔——和泉老師♪』

喀嚓。

「咦？」

咦？咦？咦？

我來到車站前的書局「高砂書店」。

雖然離跟惠約好的時間還早，但我沒辦法在家等那麼久。

「……和泉老師……嗎……」

那種稱呼方式……感覺真不賴……

不對啦！怎、怎怎、怎麼一回事啊！為什麼我的真實身分會暴露給惠知道啊……！

「呃，是因為我給了她提示……的關係嗎？」

上個月，當惠來到家裡頭時，客廳掛著我的著作《轉生銀狼》的月曆。當時她似乎就很在意那個月曆……

再怎麼說，我的筆名跟本名幾乎沒什麼差別。

在和泉正宗家裡，掛著和泉征宗著作的月曆，想當然……一定會被發現吧。但是，當時我想說稍微找個藉口矇混過去……惠應該不會察覺到這一點才對。

因為那傢伙說自己喜歡看漫畫，再加上她看起來又像是只會看●海王之類的人。而且海報上我的筆名又超小的。

沒想到竟然會被發現。

「怎麼辦……不對，沒啥好怎麼辦的啊。」

我急忙停止思考這個煩惱。

用盡全力煩惱還是想不出解答的問題，就先放到一邊去。

這是開始工作三年以來，銘刻在我身上的教訓之一。

要從自己能做到的事情開始做起。

「對了……難得都來書局了……來找些可以給情漫畫老師參考用的書吧。」

去找些可以代替可愛女孩內褲的東西回來。

這是信賴的夥伴給我的究極無理難題——不過，如果能夠順利完成這項委託，接受到嗶嗶嗶電波的情色漫畫老師，就可以畫出超煽情又可愛的新女角色插畫吧。

這樣的話，只要看到插畫，我也有預感能跟之前一樣再次出現「靈光一閃」來幫助創作。

因此，我盡可能地想要達成這次的任務。雖然是很想……

「再怎麼說，要讓三次元的女孩子給人看內褲，實在是不可能吧。」

所以選項上，就只能從二次元的女孩子下手了……

能夠讓情色漫畫老師滿足的二次元女孩子，真的有辦法能在這裡找到嗎……？

另外，在紗霧書架上也有擺著的某超暢銷作家大師作品，本來想拿來參考看看但果然也都是蘿莉系女角色，所以沒有參考價值。妖精之所以老是寫些這種類型的女角色，我想果然跟情色漫畫老師是相同的理由吧。

這麼說來……她們兩個還真相似。

老實說我之前就這麼覺得了。

「啊，是阿宗。歡迎光臨喔。」

我一踏入書局，一個早已聽習慣的聲音迎接著我。

她是我的同學，也是高砂書店的招牌女店員，高砂智惠。

興趣是閱讀跟收集運動鞋。她今天也穿著店裡的圍裙，以及黃色的多功能運動鞋。

「哈囉。」

我一隨性地打個招呼，她馬上把手指向輕小說的新刊區。

「新刊進貨囉，歡迎參考看看。」

新刊以平放陳列的方式一字排開，封面上幾乎都是畫著女孩子。

雖然每個都很可愛……

「嗯唔——」

「嘿嘿，這位客人，今天想要找什麼樣的書啊？」

她用奇妙的語氣詢問我，我也毫不客氣地直接把問題丟給她。

「麻煩幫我找個可以讓情色漫畫老師感到嗶嗶嗶的女角色。」

「那是啥啊？」

智惠顯得有點訝異。她稍微思考一下後。

「《圓環少女》或是《灼眼的夏娜》？這一類的？」

「那些是會讓我嗶嗶嗶的女角色。」

兩部我都有全套了。

「我的意思是——」

我向智惠（在不提到情色漫畫老師真實身分的前提下）說明整個事情的經過。

「……嗯嗯，原來是這樣。」

接著智惠她撫摸著下巴點頭。

「也就是說你要找的是那個對吧？能夠為情色漫畫老師帶來靈感，長得可愛，胸部又大，而且還是個適合穿圍裙以及運動鞋的黑髮美少女。」

「後半部分不需要喔。」

「於是你下定決心，接著就來到高砂書店這裡了，是這樣沒錯吧？」

沒在聽我說話。

「……哎，算是啦。」

為了買些有可愛女角色登場的輕小說。

「嘿嘿嘿，哎呀，真傷腦筋。」

「……為什麼妳在害羞啊。」

「嗯？你不是說要把我當成你新作小說的模特兒嗎？」

我有說過這種話嗎？

我重新仔細地打量智惠全身上下。

豐滿的雙峰將圍裙的胸口撐起。

的確，以跟我同年齡來說，的確是很有女性魅力的身材。

容貌嘛，嗯，很可愛。雖然從來沒有注意過，但這麼一說，真的很符合情色漫畫老師所希望的條件──不過……

「咦？什麼？難道妳想參一腳？」

「嗯，算是吧，因為是朋友拜託的嘛！我、我才不是覺得，自己能在商業輕小說登場超棒的！或覺得這是夢小說的高階版本！這些我都沒有想過喔！」

看來她有想過。

所謂的夢小說，就是把主角取上自己的名字（然後多數情況下，主角都會超級活躍）的網路小說。

智惠……原來妳……有那種興趣啊。

「那麼，我就不客氣地拜託妳囉，可以嗎？」

「喔喔！包在我身上！」

咚，智惠帶著笑容拍著自己的胸膛。

她的胸部搖晃個不停，這東西只要注意到一次，就會令人心跳不已啊。

智惠沒有注意到我的動搖，又或者是裝作沒注意到地接著說：

「所以呢？具體上我該做些什麼才好？」

「請妳透過Skype讓情色漫畫老師看內褲吧。」
「這種事情簡單啦！喂等等！這、這這這、這種事情當然是不可以的吧！你在說些什麼白痴話啊！」
嘎哇！智惠以非常兇暴的表情發飆。
「情色漫畫老師為了要畫出煽情又可愛的插畫，似乎很想要看些可愛的女孩子。所以理所當然的，有必要讓她看些煽情的姿勢。」
我用認真的表情說著。結果智惠以冷淡的眼神直直地……盯著我看。
「…………這個，該不會只是你自己想看的吧？」
「才、才不是！」
為什麼不管妖精也好智惠也好，都會冒出這麼相似的誤會呢？
「真的嗎？你該不會是在跟我以朋友交往的過程中，被我身為異性的魅力吸引，所以才會覺醒出那股青少年的衝動來吧？」
「妳輕小說看太多了啦，笨蛋。」
更何況，我對三次元女孩子的內褲完全沒有興趣。
因為我可是洗妹妹的內褲洗了整整一年啊。
我指著智惠的臉，對她說清楚講明白。
「聽好了，智惠。那只是塊布而已。」

「竟、竟然說出這種有姊妹的男生特有的台詞……！明明就只是個初學者哥哥……！」

智惠滿臉通紅地用手把胸部遮住。

「總、總之……我說不行就是不行！怎麼可以問純情少女這種事情！」

「果然不行嗎……」

「那是當然的吧！」

就這樣……在我惹智惠生氣之時。

「啊，哥哥先到了～」

一個耳熟的聲音，從背後呼喚我。

躂躂躂——

我的視線突然被黑暗包覆。似乎是有誰把我的眼睛遮起來。

「猜～猜我是誰♪」

「……………是惠啊。」

我一回答，遮住我視線的手就放開，聲音的主人輕快地出現在我面前。

「猜對囉～♪」

穿著便服的惠，臉上浮現燦爛的笑容。

這笑容的破壞力真不是蓋的。如果不是我的話，大概憑這一擊就會喜歡上她了吧。

「哥哥，讓你久等了。人家是剛洗好澡的惠惠～喔。」

「好啦好啦，那種多餘的情報就免啦。」

跟她說的一樣，惠身上散發出洗髮精的芳香。

我跟惠的對話，讓智惠疑惑地側頭。

「阿宗，這個美少女是誰？」

「嗯，她是我妹妹的同學——」

「姊姊，初次見面，妳好！我是神野惠！」

惠擺出故意賣萌的姿勢，向智惠自我介紹。

「請叫我惠惠吧。」

「喔、喔喔……請多指教，小惠。」

智惠的反應跟我之前相同。不過肯用小惠稱呼她這點看來，這傢伙的度量真的要比我大多了。

智惠雖然顯得有點困惑，但馬上就恢復正常。

「我是高砂智惠。如妳所見是個書店店員，跟阿宗是同學兼朋友。」

「好的，請多多指教。我可以叫妳小智嗎？」

「小、小智？不，那個，是沒關係啦……妳還真猛耶。」

「？」

……智惠與惠的對話，看來是惠這邊略占優勢。

說來智惠也算是溝通能力很好的人了，但要一個人應付這個超級班長，我想負擔還是太大了些。

「對了，惠，我有件事想問妳。」

「啊，對對對。你一定很在意對吧，和泉老師。」

沒錯……首先還是先從這件事問起吧。

「妳這『和泉老師』的稱呼——」

「呵呵呵～這個嘛。」

她露出不懷好意的笑容。

「這跟新計畫也有相關，所以我就稍微快速解說一下吧。之前，哥哥請我進去的客廳裡頭，有掛著《轉生銀狼》這本書的月曆對不對？」

啊，果然是這個啊。

為什麼我會把本名跟筆名弄成同一個啊，早知道就改一改了。

「其實，我有把那個用手機拍下來……然後試著貼到LINE上面，想說有沒有人知道呢～結果就有個和泉征宗老師的書迷，而且還是個有在簽名會跟老師見過面的人出現了。」

「咦？是真的嗎？」

希望大家體諒我聲音中帶著喜悅之情。

我、我會有女性的支持者……？我想想，是哪個女孩子啊。

簽名會上應該有見過一面才對，只要努力一下應該可以想起外表是怎——

「順便說一下，是個男孩子喔。」

「是男的喔！」

也對啦！我就知道！因為我的簽名會上，來的都是些男生嘛！

雖然輕小說的讀者群就是以少年為主要客層——

但我的小說之所以都是男性讀者，總覺得跟封面上寫著「情色漫畫」這一點有很大關係。也許又是因為太羞恥了，所以普通的女孩子才會都不敢拿在手上吧。

「他是輕音樂社，剃個光頭的男孩子，有印象嗎？高中一年級，身高還滿高的……」

「啊啊……有有有！簽名會上有個長得很高的光頭沒錯！」

可惡，那個傢伙竟然出賣我。

不過我也沒說不能講出去，這也是沒辦法的事情吧。

「不過說是高中男生……」

妳是國中女生吧？我用這樣的眼神詢問，於是惠大大地張開雙手。

「我有很多很多的男性朋友喔！」

「……啊啊，是喔。」

我已經不想多說了。

「——就是這樣，我向他打聽了許多消息，所以就想說應該是同一個人吧。這樣你了解了嗎？和泉老師♡」

「啊啊，我完～全了解我的身分會曝光的理由了。」

雖然覺得應該不至於連情色漫畫老師的身分都一起曝光，但交談間還是謹慎點吧。

「那麼……讓我們進入主題吧。看來似乎跟『我的真實身分』也有相關——妳剛才說要跟紗霧成為朋友的『新計畫』是什麼？」

「好的。雖然被不知道哪裡來的某人搶先，所以讓我感覺有點那個——」

惠豎起一根指頭說著。

「要成為朋友的訣竅，首先最重要的就是要好好了解對方。像是喜歡的東西、喜歡的人或者是興趣，這類的什麼都可以。盡可能知道越多越好。」

「原來如此。」

這是從有五百個朋友的超級班長口中所說出來的話。

充滿說服力。

「沒錯。所以呢——我就思考了一陣子。為了能夠跟小和泉成為朋友——」

「我決定**要多讀些噁心肥宅小說**！」

多讀些噁心肥宅小說——肥宅小說——肥宅小說——

惠那充滿精神的聲音，在店裡頭迴響著。

接著寂靜造訪。

我跟惠以及智惠…………………三個人都暫時陷入沉默。

最後是由我先開口。

「為了跟紗霧……成為朋友…………妳說……要幹什麼？」

「咦？沒聽清楚嗎？嘻嘻嘻，真拿你沒辦法呢，和泉老師♪那我就再說一次囉。」

「為了想跟小和泉成為朋友，所以我決定多讀些噁心肥宅小說！」

……原來不是我聽錯啊……

輕小說作家都站在自己面前了，她還真敢說出這種台詞。

……可是…………被她這樣一說，我該怎麼回答才好？

正當我煩惱著該有什麼反應時——

「喂，死丫頭。有種再說一遍。」

書店的女兒，用低沉又充滿威嚇感的聲音，快步向前走出來。

啊，糟糕。

「死、死丫頭？」

惠睜大了眼睛，看著往她眼前逼進而來的智惠。

智惠全身噴發出憤怒的氣場，並露出危險的笑容。

「哈、哈哈……在我這個輕小說專區的支配者面前……說、說什麼噁心肥宅小說…………呵呵呵……」

噗滋。

「妳好大的膽子啊啊啊啊啊啊！可不要小看戰鬥民族足立區民啊啊！」

「等一下等一下等一下！」

我從背後扣住她的雙手，阻止這位正要往前突擊的朋友，對方好歹也算是客人。

「你幹嘛啦！阿宗！不要妨礙我！放手！」

「智惠！等等！冷靜下來！這傢伙沒有惡意啊！」

「啥～～啊？沒有惡意～～？——那就更糟糕啦！」

您說的是。

「客人啊！除了我們以外還有其他客人在啊！好不好？好吧？冷靜下來喔？可以吧？我比較喜歡平常那個有如路人角色般沉穩的智惠喔～～」

我有如哄小孩般地安慰她，智惠好不容易才恢復正常。

「呼～～呼～～……總覺得剛才好像有點被當成笨蛋耍的感覺。」

「那是錯覺啦，錯覺。好啦好啦，冷靜冷靜。」

我把頭往回轉向背後的惠。

「喂，妳也快點道歉！」

「嘿嘿，對不起～我會好好反省～的。」

「這傢伙絕對沒有在反省！我可以把她從千住新橋上丟到荒川河裡嗎？」

「討厭，好～可怕。哥哥，果然足立區跟荒川區不一樣，治安很差呢。」

「妳們兩個都給我適可而止！」

不要害足立區的形象越來越糟好嗎！

對我來說這個小鎮，是有著老爸與老媽，還有媽媽他們回憶的故鄉啊。

被人說壞話我會不高興，而且治安也有逐漸在改善喔。

好啦，現場氣氛總算是緩和下來了。

我重整一下心情，對惠說：

「不可以把有插畫的小說，說成是噁心肥宅小說。會有很多人因此生氣的喔。」

「好～那這樣，該怎麼稱呼才好呢？」

「就叫輕小說……普通點就好。」

「那我下次開始就這麼叫。」

「就這麼辦吧。」

一開始就這麼叫的話也不會產生問題啦，還真是大繞遠路。

「所以呢？回到主題上……為什麼要跟紗霧當朋友，會得到要多讀些輕小說這個結論呢？」
「因為小和泉的哥哥就是寫輕小說？這種書的小說家對吧？」
「嗯，是沒錯。」
「既然這樣，小和泉對輕小說？這種書應該也很喜歡才對吧。」
「…………是這樣嗎？」
的確，紗霧的房間裡頭，擺著許多包含我的著作在內的輕小說。
「絕對是這樣啦。因為是我說的，所以絕對沒錯。」
惠充滿自信地斷言。
「……這樣的話，也許……可能……是吧。」
至少應該不討厭吧，畢竟都在從事插畫繪製的工作了。
「原來如此，這樣我能理解了。」
「明白了嗎？那我把哥哥叫到這裡來的理由，應該也知道了吧？」
「不知道。」
「哎呀。」
惠作勢要跌倒一樣。接著她重新站好後說：
「我也想要變得跟小和泉有相同的嗜好。但是，我不知道該看些什麼才好，所以希望哥哥可以來教教我。」

「啊，是這麼一回事啊。」

「對呀。」

……這傢伙。

──**我最喜歡航●王了。**

以前她好像這樣講過。

那也是朋友喜歡的東西，於是希望自己也能喜歡──然後我也真的喜歡上了，而且是能抬頭挺胸自豪的程度。這樣的話……我就不能再說這傢伙趕流行，或者啥都不懂之類的話了。

總覺得稍微能夠理解惠的為人了。

「那就──」

當我想幫她推薦一些小說時，智惠將手搭上我的肩膀拉住我。

「阿宗！過來一下！」

「什麼啦。」

妳的胸部好像壓到我身上了耶？

智惠把我帶到店裡的角落。

「事情經過我大概了解了。以最近的年輕人來說，這個女孩子的上進心還真是令人感動。」

「妳是幾歲了啦。」

「不過，像剛才那樣口出妄言這點是罪不可赦。」

「什麼罪不可赦……妳想怎麼樣啊？」

妳可別在店裡頭亂來喔。

智惠用有如惡代官的表情說：

「讓她沉迷在輕小說之中吧。」

「什、什麼？」

「那個小鬼，總覺得她似乎很看不起輕小說——所以！要讓她完全沉迷在輕小說裡頭，好讓她改過向善。」

「看妳一臉邪惡的樣子，說出來的話倒是很正經嘛。」

「然後啊，再讓小惠把輕小說帶到班上傳教一下，這樣就能獲得大量的顧客啦。」

「我收回前面說過的話。妳這想法還真是無比邪惡。」

不過這作戰應該還不錯吧？畢竟她的朋友好像超多的。

智惠把我放開後，帶著滿臉的營業用笑容轉向惠。

「這位客人～♡您的需求我已經了解了♪如果是想要入門輕小說這個世界的話，還是不要找這個賣得不怎麼樣的作家，就交給在下來推薦吧。我必定可以為客人您找到最適合的書籍♪」

「是、是喔……那就，麻煩妳了……普通地說話就可以了喔？我說真的。」

智惠那令人不舒服的接客態度，讓惠稍微有點退避三舍。還有，妳說誰是賣得不怎麼樣的作家啊。

因為一些原因，智惠對「和泉征宗」的評價，還挺毒舌的。

但是……事情好像發展成奇妙的狀況，接下來會變成怎麼樣呢？

不過，智惠推薦的書從來都不會無聊，交給她應該沒問題吧。

「那我就普通地說話囉。那麼那麼，請到這邊來。」

智惠把惠帶到輕小說專區，從電擊文庫的書架上，抽出一本文庫本。

「這套《Hyper Hybrid Organization》超好看的喔。」

啊！這、這傢伙！

「接下來我會推薦好幾套小說，然後妳就實際先看過，接著不要勉強只要選出適合自己的再看完就好了。畢竟書這種東西啊，還是得開心的閱讀才行。所以啦，接下來是這個——《逃離學校！》！哎呀，《瑪莉亞的凝望》也不能錯過，雖然現在我們店裡剛～好只剩下到《憂鬱的小雨》為止的前十集而已！」

講解得還真不錯，而且也有確實選擇名作推薦。

雖然……如此。也罷，還是不要說出來好了。

「還有啊還有啊，我最推薦的就是《R.O.D》！年輕人啊！Read・Or・Die！就是這個！」

……不過智惠這傢伙，總是如此愉快地在挑選書籍呢。

把自己喜歡的事物傳達給別人。

我寫小說，跟讀者共享有趣的內容，說不定跟這種行為是相同的。

智惠在那之後也從戀愛喜劇或校園風格裡頭，精挑細選了各種類別的名作出來，然後接二連三地遞給惠。

惠被書店店員的氣勢所震攝，只能呆呆地站著不動。

「再來這個《幻想妖刀傳》我超推薦的！附帶一提，這套是我們店裡賣得最好的書喔！」

「…………我就知道妳會選這套。因為妳很喜歡這個作家啊。」

「嗯，我是超級書迷。而且動畫第二季也正在播放中。想入門輕小說的話，現在這正是首選。」

嘻嘻嘻，她露出惡作劇般的笑容。

跟我妹妹一樣，智惠說著自己喜歡事物時的笑容，是最有魅力的。

只是──

「智惠，先適可而止吧。一口氣推薦那麼多，會讓人很困擾的。」

「哎呦，說的也是。」智惠這麼回答。

「怎麼會呢！完全沒有問題喔！這也是為了要跟小和泉成為朋友！不管有多少本，我都會買下來！雖然我很不擅長看全都是字的書──但是朋友會喜歡的東西，我不可能會沒辦法喜歡上。」

還真有幹勁啊，這女孩子。

如果妖精在這裡的話，大概就會幫惠的這個特技，取個誇張的技能名稱吧。

「妳的心意我很高興，但可不能讓國中生花那麼多錢。今天暫時就先五本……不，三本左右就好了。再說一天也看不了那麼多，如果覺得有趣的話再過來買就好了。」

其實我本來想介紹她去圖書館的，但有書店家的女兒在旁邊。

「三本啊……嗯唔，我本來想要把和泉征宗老師的書全套買下來的說。」

「我的書啊，等等再送給妳就好了。」

「真的嗎？」

「真的啊。所以，把零用錢花在購買自己覺得有趣的書上頭吧。」

「……非常謝謝你，哥哥你人真好。」

「嘿嘿嘿～……要不要我親你一個呢？」

惠笑嘻嘻地露出充滿魅惑的笑容。

「妳玩笑開太大啦。」

「啊，真是太可惜了。如果你說『想要』的話，我就真的會親你一下說。」

「少騙人了。」

我若無其事地這麼說。可惡……但內心還真的覺得有一點點可惜。

真不甘心……竟然被這種傢伙……

「呵呵，那就買一開始推薦的兩本……還有最後推薦的這本吧。」

「好的，謝謝惠顧。」

結完帳以後，智惠意義深遠地這麼說：

「小惠，明天見囉。」

「什麼？明天？」

「嗯？沒什麼——拜拜。」

「？——嗯，小智拜拜。」

她們明明才第一次見面，道別時卻顯得感情很好似的。

離開高砂書店後，為了把樣品書送給惠，我們兩人並肩往和泉家走去。

途中，惠詢問我：

「哥哥。小智說的『明天見』是什麼意思呢？雖然她就那樣隨便敷衍過去了……」

「妳之後就會知道了。」

我這麼樣回答她。

隔天，惠打電話過來。

『哥哥！小智介紹給我的書，都超好看的啦！』

「喔，是嗎？那很好啊。」

『我居然說這是噁心肥宅小說，真的非常對不起！這真的是好看到爆炸！因為太好看了就跑去把全套買下來了！原來昨天小智說的話是這個意思啊！真是的～和泉老師也真壞心。直接告訴我不就好了嗎！啊，老師的書我一本都還沒看，因為要留到最後享受。』

「……等妳想看的時候再看就好了啦。」

又隔一天，惠再度打電話過來。

『我說啊！這是怎麼回事！』

「一打電話過來，妳就在生什麼氣啊？」

『小智推薦給我的小說，全部都在超級精采的地方就結束了啦！後、後續呢！後續什麼時後才會出啊！』

「誰知道呢。」

『等一下！怎麼會這樣啊啊啊？』

不要在我耳邊發出那麼大的聲音啦，妳的聲音實在太宏亮了。

「我也一直在等續集啊。」

『不是吧！不對吧不對吧不對吧！你是在開什麼玩笑！我實在太想看後續了，現在覺得連一天都等不下去啊！』

「我也是我也是。」

大家都是這樣。

『哥哥你是小說家對吧！可以直接跟其他作家老師聯絡對吧！請快點去跟高畑京一郎老師說，不要偷懶了快點把後續寫完吧！』

「不要強人所難了！我怎麼可能叫其他作家老師快去寫未完結作品的後續啊。就連我自己都被人問說出道作品的後續什麼時候要出了，我現在都還在為此苦惱啊！」

之所以沒有出版後續的作品，作家們都有各自的苦衷啊！

有的老師只要稍微提到這個話題就會大發雷霆，這真的是個非常敏感的問題。

有的老師可以問，有的老師絕對不能問。希望大家能有所警惕。

『那這樣……那這樣……人家這股無法獲得滿足的心情，到底該怎麼辦才好啊！』

……陷進去了呢。

完全按照智惠的陰謀進行，書店真是太可怕了。

在名作之中，存在著會像這樣讓讀者陷入飢渴，進而受到咒縛的書籍。

《Hyper Hybrid Organization》、《瑪莉亞的凝望》、

《涼宮春日的憂鬱》、《十二國記》、《R.O.D》——etc. etc.——

講白點，智惠稱作輕小說入門用所推薦的書，全都屬於這一類——是會讓人忍不住想要不停閱讀下去的書籍。

特別是惠選的三部作品，每一部都還沒完結。

尤其是《幻想妖刀傳》，雖然是正在播放動畫的超人氣作品，但目前卻停止刊行，在各種層

面上都屬於非常可怕的作品。

明明超超超級有趣，卻在劇情高潮點就中斷了。

而且第十二集還遲遲不肯發售。

包括我在內，讀者們都在忍受著飢渴的同時，等待續集到來。

也就是說，智惠明知道會這樣，還刻意把會誘發飢餓感的書賣給惠。

根本就是惡鬼。

「能緩和這種症狀的手段只有一個，那就是只能去閱讀其他有趣的書。」

『嗚咕……唔……怎、怎麼會。』

「不過……這樣一來目的不就達成了嗎？」

『咦？』

「說起來妳是為了想跟紗霧成為朋友，希望能有共通的話題，所以才開始閱讀輕小說的不是嗎？如何？這不就變得喜歡看書了嗎？」

還因為太想看續集，而大發脾氣呢。

『啊！哥、哥哥你這麼一說……』

惠以呆愣的聲音自言自語：

『……我變得……喜歡看書了。』

「對吧？那麼……練習已經結束了。」

『是的！』

惠恢復精神。

『哥哥，請告訴我小和泉喜歡的書！』

「那麼，要不要乾脆直接去找紗霧借書呢？」

我如此提案。

「這樣子，也有能跟沙霧感情變好的契機了吧。」

『哥、哥哥……』

惠發出來的聲音，充滿敬佩的感情。

『就是這個！這點子真是太棒了！喔喔喔～～～～～～～～～』

她發出有如盜賊發現金銀財寶時的歡喜聲。

『嗚哈……剛才我突然覺得哥哥有點帥氣了呢。』

「那還真是多謝啦。」

『要好好答謝哥哥才行呢。那個啊……人家的心跟身體……哥哥比較想要哪一個？』

「不要對著電話『呼～』的吹氣好嗎！」

會讓我全身酥麻啊。

我慌慌張張地回到主題。

「那、那就採用剛才說的作戰沒問題吧？」

『當然沒問題！那麼，明天我就去府上打擾囉！』

身為小說家，雖然還是希望讀者能夠親自花錢購買書籍。但還有比這更重要的事情。

例如說……如果自己執筆的書能成為一個契機，讓讀者交到新朋友的話。

如果能因此找到可以一起聊天討論的朋友。

那是多麼令人開心的事情啊。

這跟讓讀者閱讀並獲得樂趣相同，都是有價值的事情。

這次，能讓紗霧跟惠獲得羈絆的，雖然也許不會是我的書。

但是我覺得，只要她們兩個人能夠有熱烈暢談同一本書的話題就足夠了。

「對了，惠。我送給妳的《轉生銀狼》已經看過了嗎？」

『看了，還滿微妙的！』

我宰了妳喔，枉費我剛才如此地感性。

……萬一紗霧說喜歡我的書時，這傢伙會怎麼辦呢？

她應該也有辦法喜歡上吧。

就在惠要來家裡玩的當天早上。準備去上學之前，我來到「不敞開的房間」門口。因為有許多事情必須通知紗霧才行。

「紗霧，我有話要跟妳說，開一下門好嗎？」

稍作等待之後，房門嘰嘰地……緩慢打開，身穿白色連身裙的紗霧出現了。

接著四目相交——

「…………」

「…………」

我們同時定住。我是不知道紗霧會什麼會這樣啦，但我是因為看到妹妹又穿著超可愛的服裝出現，而遭受突如其來的衝擊。

唔！不行不行不行不行！怎麼可以對妹妹臉紅心跳……！

「哥、哥哥……是什麼事，要對我說？」

紗霧一副若無其事的樣子。呃，實際上的確是沒發生任何事情啦——

為什麼這傢伙，最近突然變得會在家裡頭換穿便服了呢？

遭受到這種奇襲，害我心臟幾乎就要爆發了耶。

話說這些衣服究竟是從哪裡冒出來的啊？是原本就有的？還是網路購物？

妹妹還是老樣子地充滿謎團，就算問她，感覺也不會告訴我。

「我想想，要告訴妳的事情……要從哪個開始說起才好。」

說的也是，就照順序來吧。

「首先……那、那件衣服……很適合妳喔，怎麼會穿上這件呢？」

「沒、沒什麼……就只是想穿……而已……」

紗霧害羞地低下頭。

「是、是嗎?很可愛喔。」

「!唔唔……!」

啪砰。啪砰。紗霧低著頭,往我的肚子連續揮拳。

一點都不痛。只要沒拿武器,紗霧的攻擊力就很低。

「沒、沒什麼好生氣的吧……」

「所、所以到底是什麼事,快點說啦。」

「知道啦知道啦。就是之前妳拜託我的那件事……」

「?要你去找長得可愛,胸部很大,又能讓我看內褲的女孩子的那件事?」

「對對對,雖然我試著不抱希望地去拜託朋友……」

「咦?……你去問對方可不可以看內褲?」

「嗯。」

「…………………真的問了啊……嗚哇……」

「為什麼妳一臉『這傢伙是認真的嗎?』的表情?」

我、我可是為了妳才去問的耶!

「因、因為……沒想到你會真的去問嘛……再說……」

「再說?」

「…………那種……什麼的……」

她低聲細語地，完全聽不清楚在說些什麼。

紗霧嘟起下嘴唇，表情變得越來越不高興。

「唔唔——！」

「紗、紗霧？……妳從剛才開始是在生什麼氣啊？」

「人家不知道啦，我最討厭哥哥了。」

紗霧鼓起臉頰，把頭轉向別處。

我雖然因而非常焦急，但她生氣的表情也好可愛這點，讓我的內心無法克制地感到愉悅，於是就陷入了露出微笑同時又很著急這種莫名其妙的狀態。

「不要生氣了啦。我會努力想辦法說服對方。」

如果是為了紗霧，我已經作好就算是對智惠下跪也要求她讓情色漫畫老師看內褲的覺悟。

紗霧聽到這句話，慌慌張張地轉頭朝向我。

「不、不用了……那件事已經無所謂了。不要做多餘的事情。」

「是、是嗎？只要超拚命地拜託，她也許會勉強答應喔？」

「就說不用了啦！真是的，哥哥太色了！」

……我明明是為了取得要給情色漫畫老師的「資料」，所以才去拜託朋友讓情色漫畫老師看內褲……為什麼我得要被罵說很色呢。

真是難以接受。

「那個，還有啊。」

「…………還有什麼事情嗎？」

因為紗霧似乎想要把門關上，所以我提高警覺搶先繼續說下去。

「惠今天要來我們家。」

「……嗚啊。」

紗霧露出好像看到蟑螂一樣的神色。

…………喂喂，班長啊，妳好像完全被討厭了喔……

我在「不敞開的房間」裡頭，跟妹妹面對面坐下，把我跟惠的對話內容說給紗霧聽。

「……為什麼哥哥你總是做些多餘的事情呢？我絕對不想跟她見面。」

「不要這麼說嘛，惠她人其實不錯喔。她說妳喜歡的東西，她也想要喜歡上。而且還不只是嘴巴說說而已，而是超級積極地行動呢。」

「這個嘛……也許，是這樣沒錯……唔唔。」

「只是把書借給她的話，我想應該無所謂吧？」

我望著紗霧的書架。

「把瑪凝整套只抽掉《撐起陽傘》（註：第十一集）再借給她吧。」

「什麼！為什麼哥哥可以想出這種有如惡魔般的陰謀呢？」

才不是我，書店的女兒才是惡魔。這種行徑是那傢伙想出來的啊。

《瑪凝》雖然是完結作品，但書店的女兒卻只把前十集（結束在超級精彩的地方）賣給她。

抽掉一本借給她這只是個玩笑話，如果能把全套借給她的話，想必她一定會很高興吧。

「不管怎麼說……我不想跟她見到面。」

果然是這點啊——不想見面。紗霧的家裡蹲，是有法則的。

當家裡有「外人」在時，她就無法從房間裡走出來。

也不想讓外人進到房間裡頭（不是不能而是不想？）。

如果戴上面具，改變聲音，再透過網路的話，就能普通地交談。

想要跟紗霧變得要好，就非得要在達成這些條件的前提下想辦法才行。

「……只是借書給她的話……可以……但是……」

「但是？」

「……有、有個條件。」

紗霧忸忸怩怩地搓弄著雙手大拇指，一副很害羞的樣子。

接著伴隨著熾熱的喘息低聲說著。

「班長她……………………………………………………………………很可愛對吧？」

這天放學之後。我從學校急急忙忙趕回家，為了迎接客人而在打掃時，跟之前一樣，電鈴聲連續不停地響起。

這位班長的言行舉止，實在太自由奔放了，神經這麼大條真虧她還能交到那麼多朋友。不過，既然那麼有幹勁，就算稍微白費點力氣應該也是能達成目標吧。想想連我都能出那麼多本書了，跟這比起來其實也沒啥不可思議的。

「來啦，現在就幫妳開門。」

一打開門，跟我的預料相同，穿著便服的惠，高高地舉起單手。

「你好～～！」

「喔，歡迎啊。來，進來吧。」

不管妖精也好還是惠也好，自從我知道情色漫畫老師的真實身分後，來我們家作客的女孩子就變多了。我真心期盼這能夠給紗霧帶來正面的影響。

我把惠帶到客廳，請她坐到沙發上。再以寒天果凍與咖啡招待她後，開口這麼說：

「關於剛才在電話裡跟妳提到的事情……」

「是的，作為把書借給我的交換條件，要我當畫圖的模特兒——是這件事吧。」

沒錯。今天早上，紗霧所提出的「條件」就是這個。

惠為了想跟紗霧變得要好，所以想向她借書。

作為交換條件，惠得要成為紗霧繪圖的模特兒——就是這樣。

「嘿嘿真讓人害羞～但我努力地把自己打扮得很時尚喔！哥哥，你覺得如何！」

惠坐在沙發上以可愛的動作擺動身體。

那是一身似乎會被刊登在流行雜誌上的時尚服裝。

「……啊啊……看起來，很不錯啊。」

她那短到嚇死人的迷你裙，讓人無比在意。

「哦呵呵，想要拿人家當模特兒來作畫……小和泉，說不定對我有意思呢～？」

我想，紗霧之所以會提出這種交換條件，大概是希望可以在我製作企畫書時能派上用場的心情十分強烈的關係。

畢竟她就像是勉強同意的樣子——

『我不會提出色色的要求。』

她以凜然的表情，自己把這項我最顧慮的事情說出口。

她可是要求幾乎是初次見面的女孩子，擺出掀裙子姿勢的那位情色漫畫老師耶。

說起來紗霧連惠長得怎樣都不知道，因為她們完全沒有直接見過面嘛。

不管怎麼想紗霧都沒這個意願吧。但卻想以現實的國中女生為模特兒，希望多少能為新作有所貢獻……我想她一定是如此精神可嘉。

而我卻利用了情色漫畫老師為了兩人的夢想正努力奮鬥的心情，真是非常過意不去。

即使如此……不管是製作企畫書，或是結交朋友……我希望都能夠多往前邁進一步。

「討厭～哥哥的眼神好色～其實女孩子可是很清楚的喔，到底男孩子們都在看哪裡這件事♪」

「我、我才不色咧！」

為什麼這傢伙會知道我在看哪邊？女孩子真的好可怕。

「別看我這樣，人家可是當過讀者模特兒的喔～不管什麼姿勢都儘管放馬過來吧！」

讀者模特兒啊。

長得可愛又喜歡引人注目的惠，就算在做這類型的打工，也沒什麼奇怪的。

不過想當然，就算拜託她擺出掀裙子的姿勢，她也不可能會答應吧。

「所以，接下來我該做些什麼呢？小和泉好像不會走出房間呢？」

「啊啊，關於這點。」

——不走出房間，也不讓她進入房間，能夠近距離請對方當兼曲也看內褲的模特兒的方法——

她似乎總算想起來了。

我把從紗霧那裡拿來的黑布跟繩子交給惠。

「請問……這些是？」

「是眼罩跟繩子。」

幾分鐘後。

「等一下！哥哥？這是什麼……！好像在拍情色影片一樣讓人很羞恥耶！」

「原來妳看過那種東西啊。」

「才、才沒有看過！但、但是這種樣子，不覺得太傷風敗俗了嗎？」

「才沒有那回事呢。」

這是騙人的。這看起來實在有夠傷風敗俗。

我跟惠來到「不敞開的房間」門口。惠被黑布遮住眼睛，雙手被綁住，呈現無法動彈又什麼也看不見的狀態。

這個狀態下的惠，勉強可以讓她進去裡面……這是情色漫畫老師說的。

當她矇住眼睛時，我還擔心說以一個模特兒來講會不會太奇怪……

「不愧是讀者模特兒，不管什麼樣子都很合適呢。」

「嘿嘿，沒錯吧～～——不對啦！拍攝時才不不會打扮成這麼情色的樣子！哥、哥哥以為那是什麼樣的雜誌啊？」

惠不停揮舞著被綁起來的雙手。

「這也沒辦法啊，紗霧只肯跟這種狀態下的妳見面。」

「唔……雖然肯跟我見面就是邁進一大步，很值得高興……不、不過這個樣子……真的讓人覺得很丟臉耶。」

惠變得這麼忸怩的樣子，也許還是我第一次看到。

以女孩子來說雖然是很理所當然，但還是讓我有點意外。總覺得如果是惠，就算我對她說出讓我看內褲也不會生氣，甚至還給我一種說不定真的會讓我看內褲的形象。

「我現在要叫紗霧開門了……惠，不管怎麼樣都別動喔。也不要把眼罩拿下來。」

「這種狀態是要我怎麼拿啊？」

惠扯動著被綁起來的雙手給我看。

「很好。」

我確認她這樣子後，重新面向「不敞開的房間」。

「紗霧，我把她帶來囉。」

我往房門的另一頭喊話，接下來。

……嘰嘰。門扉微微地打開，紗霧從縫隙裡露出臉。

紗霧確認完惠這慘不忍睹的樣子後，又稍微把門再打開了一點。

這麼一來，惠似乎也察覺到她的氣息，於是出聲說話。

「小和泉，妳好。妳有在那邊嗎？」

「！」

紗霧被驚嚇得身體顫抖，接著就躲回房間深處去了。

「喂，不要刺激她。要把她當成膽小的小動物來溫柔地慎重對待。」

「人家只是打聲招呼而已啊！」

因為她就是這樣所以也沒辦法啊。

我妹妹的怕生程度可是非常根深蒂固的。我用單手做出擴音器形狀，對「不敞開的房間」內喊話：

「紗霧，沒關係的喔。她眼睛已經矇起來了，雙手也無法動彈，一點也不可怕喔。」

「……請問……我好像被當成猛獸或什麼看待了耶。」

經過我耐心的呼喚，房門再度嘎嘰……地打開，紗霧又露出她的臉。

結果——

「呼哇！」

紗霧一看到惠，就發出了非常震驚的聲音。

……紗霧這傢伙是在驚訝什麼，明明就是妳要我把她矇住雙眼又綁住雙手的啊。

「…………呼哇…………呼哇…………」

紗霧心跳加速到把手壓在胸口，臉頰染上紅暈。

簡直就是跟偶像見面的粉絲的表情。

紗霧就這樣陶醉了一陣子……最後——

「！」

她彷彿突然回過神來似地身體一震，接著——

「來這邊。」

紗霧緊緊抓住惠的手，把她拉進房間裡頭。

「呀啊。」惠發出小小的尖叫聲。

「喂、喂喂……紗霧？」

騙、騙人的吧？那個紗霧，居然會這麼積極地把外人拉進房間裡頭……！

「……！」

紗霧看來完全沒聽到我的聲音，熱情地盯著被迫站在房間裡頭的惠。

「好。」

然後就在原地蹲下，開始畫起圖。

她的手大動作地移動，呈現出非常豪邁的筆法。

「……！……！」

彷彿再也沒有比這更有趣的事情了，紗霧嘴角上揚露出笑容。

……啊啊，這下子沒轍了。

「……惠，抱歉喔。紗霧她——完全把精神集中在畫圖上頭了。」

「不，那倒也……沒關係……但是小和泉，她人真的有在這邊嗎？該不會剛才的聲音其實只是錄音，而我被哥哥欺騙，然後就以這種毫無防備的樣子被帶進房間裡頭了吧？」

「怎麼可能會是那樣！不要把別人講得好像很邪惡一樣！」

不過從一旁看的話，這種景象的確會讓人想問是什麼狀況。

「我說紗霧啊，哥哥就要蒙上不白之冤了，妳可以再開口說個話嗎？」

「…………………………」

「……紗、紗霧？」

唔唔……果然還是不行。

就算我開口催促，紗霧還是毫無反應。我的妹妹蹲在地板上，拿著手寫平板，擺出有如拿著照相機的小鬼正以低角度準備偷拍內褲的姿勢。

她哈啊哈啊地喘氣，一臉無比認真的表情。

如果這是個大叔擺出相同動作，應該立刻就會被逮捕吧。

可是現在的紗霧——情色漫畫老師在我的眼中，卻異常的帥氣。

這麼帥氣的紗霧，惠當然沒辦法看見。

「那個……哥、哥哥？小和泉都沒有任何回應耶！是不是要開始什麼色色的懲罰了，人家超級不安的耶！攝影機是不是已經架好了！我可以平安的回家去吧！」

「在我妹面前請節制一下這種低級的話題。紗霧現在正全神貫注於繪畫上頭，才會沒辦法回答啦。」

「……………算、算了，都來到這邊也只能信任哥哥了。假使……哥哥要對我做些奇怪的事情，看來我也逃不掉了。我、我已經作好覺悟了！」

「什麼覺悟啊。不，妳不用說出口也無所謂。」

當我們像這樣交談的時候，紗霧也正唰啪啪啪啪地不停畫著插畫。

她以詭譎的動作在地板上爬行，以各式各樣的角度觀察著惠。

完全是畫到出神的狀態——她已經進入那個腦袋裡只剩下想要完成煽情又可愛插畫的「情色漫畫老師模式」了。

「……這、這視線！大腿跟胸部附近有個好色的視線！人家脖子跟背都起雞皮疙瘩了！」

「先聲明，那可不是我喔。」

「女、女孩子才不可能會有這麼色的視線吧！這好羞恥請你真的不要這樣！」

「從剛才開始……妳怎麼好像異常地害羞。」

「咦、咦？有、有嗎？」

「有啊……就好像完全不習慣色色的視線一樣……」

「那、那當然——不是啦！像這、這種視線我早就習慣囉，人家可是有在當模特兒喔。」

雖然這麼說，但惠還是用被綁住的雙手，想辦法把胸口遮掩起來。

跟她的言行相反，看起來完全沒那麼游刃有餘。

太奇怪了……這種有如純樸少女般的反應……跟我認識的惠完全不同。

我所認識的惠，是個有著一大堆男性朋友，而且還是超喜歡小雞雞的死Bitch才對。這到底是怎麼回事？

「……惠……難道說，難道說……妳是……」

「是、是什麼啊？」

「其實妳——是Fashion Bitch對吧！」

我毅然地伸出手指指著惠，具體指出決定性的問題點。

「什、什、什……」惠臉上的酒窩不停地抖動抽搐，「那是什麼？Fashion Bitch是什麼意思……？」

「就是指明明從來沒有做過什麼色色的事情，卻又想裝成熟，擺出一副自己是個色色女生的那種人。」

「…………」

轟隆隆隆～惠的臉龐一口氣染成赤紅。

……這下子好像被我說中了。

啊啊真是太好了，看來精通情色話題的國中一年級女生，是不存在的了。

「才、才才才、才不是喔？我真的很，那個，經驗豐富……也有超多男性朋友……小……」

「小？」

「小雞雞人家也真的有看過嘛！」

…………不是吧。

不要在別人家暴露那種事情好嗎？

「真、真的嘛！」

「反正一定是看爸爸的吧？」

「才、才不是呢！」

咦？騙人？不是嗎？

「要、要不要我告訴你是看過誰的？」

「快住嘴！不要在紗霧面前講那麼不知羞恥的話題！好啦我懂啦！我已經知道了啦……！」

「哼、哼嗯……你知道就好……」

還稍微殘留著些許興奮的紅潤臉龐，惠嘟起了小嘴。

……太奇怪了，我覺得她一定是個Fashion Bitch的說……

是我搞錯了嗎？惠是個真正的Bitch嗎？

正當我覺得搞不懂這件事時，惠似乎想要反駁些什麼。

「聽、聽好囉，哥哥！」

因為眼睛被矇住的關係，所以她正往完全錯誤的方向發脾氣。

「我、我啊，才不是什麼『Fashion Bitch』之類的喔！而是真的——」

窸窣！

「——咦？」

…………………………………………………

……………………………………………

時間凍結了。

現在我的眼前，正發生一件「不得了的事情」——或者該說是紗霧她以人為的方式引發了這件不得了的事情——

不管是惠或是我，都需要好幾秒以上的時間，才能夠釐清住這個情況。

……那個……該怎麼說……就是……雖然很難啟齒…………

紗霧把惠的內褲，一口氣脫了下來。

在我眼前，內褲被脫到腳踝的惠凍結在那邊。

然後在我……隔著惠的另一側，蹲在那邊的紗霧，正保持著脫下惠內褲的姿勢一動也不

動——

接著一聲低語，凍結的時間開始運作……但她低聲說出了最糟糕的一句話。

「…………………好可愛的條紋內褲。」

「唔唔！」

下個瞬間。

「嗚喵啊～～～～～～～～～～～～～～～～～～～～！」

「不敞開的房間」裡頭，響徹著少女的尖叫聲。

幾分鐘後——

「……噫咕……嗚……嗚噫……」

惠蹲坐在我跟紗霧眼前，雙手捂住臉龐，不停地低聲啜泣著。

現在她身上，完全看不到任何會大聲說著不知羞恥的話題的Bitch蹤影。

只有個因為內褲被脫掉，而放聲哭泣的國一女孩子。

惠是因為我的提案，才被帶到這裡的……

……罪、罪惡感好重……

喂，情色漫畫老師……這情況該怎麼辦啊……

就算是那麼寵妹妹的我，這次也不得不用責難的眼神看著紗霧。

「…………唔唔。」

看來「情色漫畫老師模式」似乎已經解除了。

「啊哇……啊哇哇……」

紗霧滿臉發青地不知所措。

自己到底做了什麼事情……她的表情彷彿在說著這句話。

紗霧的單手用力抓緊了從惠身上脫下來的條紋內褲，然後以顫抖的聲音說：

「……雖然知道這樣很糟糕，但我無法抑止慾望啊。」

這可不是開玩笑的啊！

如果這個事件被社會大眾知道，妳的插畫家生命就會結束了喔！

妳的相關討論串也會整個燒起來。

【鹹豬手】情色漫畫老師15【被逮捕】

類似像這種……雖然真實身分是個女孩子……

到時候我就得挺身出來幫妹妹扛下來——正當我想著這種最糟糕的想像時。

「……嗚唔…………唔～～」

好像正在忍受些什麼而不停呻吟的紗霧，突然好像切斷了沉重的枷鎖，往蹲坐著的惠身邊跑過去。

「……？」

惠因為腳步聲產生反應，接著抬起頭來。她也很老實，到現在都還戴著眼罩。

……她、她打算怎麼辦啊……？難、難道說……

我在一旁擔心地看著，而紗霧竟然把惠頭上的眼罩解開了。

正在流淚的雙眼出現在眼前，那個視線也捕捉到了紗霧。

「……啊。」

「……唔。」

紗霧的肩膀顫抖著——因為她害怕跟外人面對面。

她變得跟惠沒兩樣地淚眼汪汪，同時也害怕發抖到讓人覺得憐惜。

即使如此，紗霧還是鼓起勇氣，直接跟惠四目相交。

「嗚……唔嗚……嗚……！」

接著——

「對不起。」

她非常用力地低頭道歉。

雖然情色漫畫老師一扯上插畫的事情，就是個無可救藥的變態——

但做錯事的時候，也是個懂得要好好道歉的孩子。

……可是，到底惠會不會就這樣原諒紗霧呢？

我也一起道歉吧——正當我這麼想的時候。

「可以說話嘛。」

惠本人突然說出了這句出人意表的台詞。

她以還流著眼淚，鼻頭也還紅通通的狀態，發出好像嚇了一跳的聲音。

「小和泉！妳還是可以跟人說話嘛！就算我沒有矇上眼睛！」

「這才是最重要的一件事」——她的氣勢就像在說著這句話。

被強烈的話語襲擊的紗霧只能「唔？咦？」地陷入困惑並同時回答。

「……雖、雖然不是……沒問題，但是…………得要好好道歉，才行。」

……對不起，喔。

紗霧再次向惠道歉。接著，惠用袖子擦拭眼淚。

「原諒妳！」

她露出笑容這麼說。

「我們已經是朋友了喔！因為就連內褲都被妳看到了！」

不，這理論好像哪裡怪怪的……

惠的臉龐，到現在都還是整個紅通通的，因為羞恥的關係，變得有點奇怪——或者該說，變得有點自暴自棄的感覺。

即使是這樣，惠的溫柔以及氣勢，還是熱切地傳達給我們了。

至於被宣告了朋友宣言的紗霧，則是兩眼眨了眨以後說道：

「才不是。」

「咦咦──！」

就連這種情況下，紗霧還是堅毅地拒絕了。真是個頑固的妹妹。

「太過分了！人家連內褲都被妳脫掉了耶！就、就連我弟弟都沒有看過的說！小和泉妳真的是太過分了喔！」

「妳都說原諒我了。」

「我是說過啦！但妳應該有其他該說的話吧？妳想想，就是可以讓友情萌發的那些！」

「呃……………………謝謝招待？」

「粗茶淡飯不用客氣啦可惡！我要叫妳付錢喔！」

這段對話真讓人聽得想摀住耳朵。

不過，這也是讓人不得不刮目相看的場景。

因為那個紗霧………可以這樣跟人面對面交談。

就連我，要再次聽到妹妹的聲音……也花了一年的時間。

「……付錢……啊。」

紗霧好像想到什麼似的開口說道，接著轉身背對惠。

「……小和泉？」

「……………」

紗霧快步地行走，接著從書架上抽出好幾本文庫本，再回到惠身邊。

「……這個。」

「咦？」

「雖然沒辦法當朋友……但這是約定好的報酬。」

「啊——」

惠好像現在才想起來似地發出聲音。

「說來也對，我們是這樣約好的呢。」

「嗯。所以……這個。」

紗霧用雙手把書遞了出去。彷彿就像個送出情書的少女一樣。

「這是我……喜歡的書。請、請拿去看……」

「——」

……紗霧，妳很努力呢。

我在心中表達對妹妹的讚賞。

行事魯莽，又不擅言詞……雖然現在完全看不出來——

但光是要像這樣跟人交談……得要紗霧花費多大的努力……我，比任何人都要來得清楚。

惠在收下小說之前，不知為何停頓了一下。

「這就是……小和泉喜歡的書，是嗎？」

「嗯……是世界上我最喜歡的書。」

「這樣啊，那麼──我也要變得喜歡它喔。」

很不巧，紗霧所選的書，從我的位置剛好看不到書名。

「等我看完這些，妳還願意再借我一些別的書嗎？」

「…………嗯。」

「太棒了，那我們約好囉！」

好了──到頭來，惠到底有沒有追上妖精了呢？

又或者是已經超越了呢？

不管怎麼說。

我這一年來持續往前邁進的路，現在又多了一位跟我並肩奔跑的人了。

我是這麼覺得的。

「小和泉。所以，剛才妳偷偷塞進口袋裡的內褲可以還給我了嗎？」

「……等、等我畫完插畫就還給妳。」

情色漫畫老師
ero manga sensei
第三章

幾天後，在平日的放學後。

我在「不敞開的房間」裡，與妹妹見面。

「哥哥……今天是怎麼了嗎？」

今天的紗霧跟往常一樣戴著耳麥。

在可愛的花朵圖案的睡衣上頭，還披著一件乳白色的羊毛外套。

雖然不知道為什麼紗霧開始會在家裡頭穿上便服，但就像這樣，偶爾也會穿著睡衣出現。

——總覺得，妹妹變得會打扮自己了。

每次見面可以看到穿著不同服裝的紗霧，對我來說是件非常開心的事情……但這還真不可思議。

妖精跟惠。

是因為交到朋友……的關係嗎？可是，在家裡會穿上便服這件事，好像是在跟妖精變成朋友之前就開始的了……搞不懂。

算了也罷，至少這不是什麼壞事。

「呵呵……其實呢，我有件事要跟妳報告。」

我把變形為平板型態的筆記型電腦藏在身後，意有所指地笑著。

「那個……會說很久嗎？」

「不會啊，馬上就結束了。」

「這樣啊，那就從哥哥你那邊先說吧。」

「從我這邊？」

當我眨眨眼睛詢問。

「……嗯呵呵。」

站在我對面的紗霧，也一樣露出意有所指的笑容。

「……我也有，想要給哥哥看的東西。」

喔……這還真巧。

妹妹有想給我看的東西……是嗎……到底是什麼呢？真叫人緊張不已。

紗霧瞇起眼睛開口說道：

「……哥哥，你又在想些色色的事情了。」

「才、才沒有！」

「……不、不是那方面的，東西喔。」

她紅著臉頰，嘟著嘴責備我。

「我、我知道了啦。那麼，就從我先說起！」

我強硬地把話題轉回來，接著把藏在身後的筆電拿出來，讓她看到畫面。

「鏘鏘！」

「啊……這個是……」

「沒錯！就是企畫書！我終於完成啦！」

我舉起的筆電畫面上，顯示著用Word軟體製作而成的企畫書。

因為大量地使用情色漫畫老師的插畫，所以看起來非常豪華。

內容上也改善了之前的問題點，同時也增加新女角色，重新製作成系列作品用的稿子。

尤其是附上插畫的角色設定資料特別用心，所以要說的話，看起來反而比較像是漫畫用的企畫書。

「這可是我的自信作。能夠製作出這麼像樣的企畫書，還真是第一次。嘻嘻，這一切都是情色漫畫老師的功勞呢。」

我把筆記型電腦交給妹妹，接著用手指搔著鼻頭。

紗霧看著拿到手上的企畫書，同時開口說：

「……人、人家才不認識叫那種名字的人。」

就算妳不認識，也都是託妳的福。

同時也是成為情色漫畫老師活祭品的妖精與惠，她們兩人的功勞。

多虧了她們兩人，才能讓情色漫畫老師的創作慾望沸騰起來，幫我畫出無比完美，既煽情又可愛的新女角色插畫！

看到那些插畫的我，就彷彿至今為止的苦戰都不曉得是怎麼回事一樣，源源不絕地「靈光一閃」——工作進度也有如神助——終於就像這樣順利地把企畫書完成啦！

「再來就是把這個送去給責任編輯——然後等待結果！」

之前有跟神樂坂小姐通過電話，記得她是說「現在的話，只要企畫通過就能馬上出版了喔！」的樣子……如果順利的話，搞不好很快就可以開始進行新系列作品的出版。

「咕嘟。」

紗霧帶著緊張的表情吞口水。

也是啦，畢竟我都拿這是「與死神的戰鬥」這種話來煽動她了。

「這是我們兩人製作的企畫書。送去給責任編輯之前，妳也來確認一下吧。」

「……嗯，我知道了。等等我會仔細看。」

紗霧點點頭，用溫和的聲音說著，並且把筆電抱在胸前。

「一定沒問題的，因為我們都那麼努力了。」

「啊啊，就是說啊。」

胸口感到一陣溫暖。

雖然我們是為了獲得幸福，所以才打算要實現夢想。

但就是朝著夢想奔馳的這一刻，才能如此地快樂又幸福。

「我要講的事情就這些了，妳要『給我看的東西』是什麼呢？」

「……嗯，就是……啊。」

紗霧把筆電擺到床上，然後從房間角落，拉出一個半透明的收納箱。就是可以完美地擺進櫥櫃裡頭，附有輪子的那種。

上次她讓我進來時，房間裡應該沒有這種東西才對。

看來應該是我不在的時候，從別的房間搬過來的東西吧。

「這個——箱子是？」

「放衣服用的。」

紗霧把箱子的蓋子打開。

「哥哥……你看看，這個。」

妹妹臉頰略顯火紅，她從裝衣服的箱子裡拿出來的是——

是一件白色的小可愛。

「嗚耶？」

因為太出乎意料，害我發出蠢到不行的聲音。

跑出這種完全超出我想像的東西也是個原因。

——這、這是什麼煽情的衣服……而且還這麼透明……！

我忍不住開始想像紗霧穿上這件色色衣服時的樣子。

明明款式設計得相當成熟，尺寸卻很明顯是給少女用的，這種落差實在醞釀出非常淫靡的氣氛。

……咕嘟。

「紗、紗紗紗、紗霧——這個是？」

我以顫抖的聲音試著詢問她。結果紗霧就用好像講著「怎麼樣啊？」般得意的語氣說：

「我是覺得很適合啦——如何？」

「如、如如如、如何……是嗎？」

要我怎麼回答啊。疑問實在太多，再加上陷入混亂讓我的思考無法整合。

那個，就是說那個啊——

「雖、雖然很適合……！但妳還不可以穿這種的！這實在太色了！」

「什……嗚哇。」

紗霧產生激烈的反應。

轟隆～～地連耳朵都變得紅通通，接著以彷彿要咬到自己舌頭般的氣勢說：

「騙、騙……騙態！葛、哥葛、哥哥你……！為什麼總是那麼色！這個衣服，是插畫用的資料！不是我要穿的，是要給哥哥小說裡登場的女孩子穿的啊！」

要實際「看過」模特兒之後才開始畫，是情色漫畫老師的堅持。

所以持有當作資料用的衣服，也是理所當——不！但是！

「可是，妳是打算自己穿上這件如此透明又情色的衣服，然後看著畫對吧？」

「是這樣沒錯！但你不要說出來！」

紗霧握緊拳頭拚命往我肚子上打。

「人家才不色！在腦袋裡想像著讓我……讓妹妹穿上這個然後做些色色事情的哥哥才是大色狼！」

「我確實是想像了妳穿上這件衣服的樣子，但我還沒有想像對妳做些色色的事情啊！」

「你、你說了還沒有！」

「不要對別人的語病吹毛求疵啦！」

啊啊真是的，這個妹妹喔~~~~~~！

「再說這件衣服是從哪來的？自己買的嗎？用網路購物之類的？」

不只是這次而已，關於「紗霧穿的衣服」，因為不屬於我的管理範圍，所以從以前我就一直很在意了。

這是個好機會，我姑且問了一下，結果——

「是、是媽媽買給我的……！」

「咦……妳、妳說媽媽？」

「……對、對啊。」

那個世界可沒辦法使用亞馬遜購物喔，雖然我有一瞬間產生了這種不謹慎的想法，但普通地想想，應該是在生前買給她的意思吧。

不對……就算這樣……也還是很奇怪吧！

「妳是說簡直就像妳再稍微長大一點點，外表看起來就是個超級美少女的那個人？不但清純端莊又溫柔，臉上總是掛著笑容，那有如女神般的媽媽……？這、這這這、這件這麼色的衣服是她幫妳買的？買給自己才十歲出頭的女兒？」

「沒錯！」

「……這一定是騙人的吧？」

我完全無法想像耶，跟她的形象也差太多了吧。

「才、才不是騙人的！媽媽都說這些是跟她成對的衣服喔，還有這邊是她說等我長大後要一起穿的衣服，各種尺寸、各種種類的衣服，她都買了好多好多給我啊！」

「都是些色色的衣服？」

「也、也有不色的衣服啊！像是之前的針織連身裙那種的！」

不，那件也很色啊。

「嗚、嗚唔——」

我忍不住抱著頭。

紗霧似乎以為我不相信她說的，於是發脾氣再說一次：

「人、人家才沒有騙人……」

「不，這點我知道啦。紗霧是不會對我說謊的。只是，那個，這對我的衝擊有點……實在很大……馬上就會恢復了，所以給我一分鐘靜一下吧。」

啊啊……嗚唔……咕嗚。真的會有……這種事情嗎？

仔細想想，這樣子很多謎團都解開了，前後條理也都能連貫起來。

紗霧會有那麼多衣服的理由。

情色漫畫老師之所以能畫出種類那麼豐富的煽情服裝。

這些祕密……都是因為媽媽會幫紗霧買煽情衣服的關係。

都是因為媽媽會穿色色的衣服，給紗霧看的關係。

媽、媽媽……

妳明明長得那麼可愛，竟然有這麼棒的興趣……！

我仰望天空，無言地把這段訊息送上去。

說不定，一直保佑著我們兄妹的媽媽，現在因為這色色的祕密曝光了，所以正在天國抱頭煩惱苦悶著呢。

紗霧等於情色漫畫老師的起源，看來跟媽媽有很深的關連。

情色漫畫老師很色。

情色漫畫老師的媽媽也很色。

我終於找尋到世界的真實了。

我重新對老爸肅然起敬，他真是個了不起的男人。

將來我也想要娶個這樣又色又可愛的老婆。

「——抱歉，我錯亂了。已經沒問題了……」

「……看起來不像是沒問題的樣子。」

「老實說，還有點昏昏沉沉的。不過，我已經理解了……回到主題上吧。」

「嗯、嗯嗯……那就重新……咳哼。」

紗霧再次高舉小可愛，奮力說著。

「這件衣服，我想要給用小妖精當模特兒的角色穿上——如何？」

她似乎真的很愉快地笑著。光是她像這樣對我說話，我就已經……！

「我想想……這個顏色的話，給女主角穿會不會比較合適？」

「這樣啊，那這件就給妹妹穿……」

東翻西找的紗霧從裝衣服的箱子裡拿出新的衣服。

「那這件怎麼樣？」

「這、這是什麼？」

不，雖然這件我一看就知道是什麼了……奇怪～……難道我眼睛有問題嗎？

「這是艦隊收藏的島風妹妹！是我超級喜歡的衣服！」

「媽媽——————！」

我對身在天國卻留下這件超危險角色扮演服裝的媽媽，高聲呼喊著抗議的吼叫。

之後，我在自己房間工作時，Skype傳來情色漫畫老師的訊息。

「企畫書跟修改版的新作小說，我看過了。那個…………………………非常有趣喔。」

獲得了最棒的讚賞。

「真的嗎！那我馬上把這個寄給編輯部！」

當我自信滿滿地用郵件把企畫書寄出去，責任編輯馬上就傳來「等你很久了！」的回應，並且還說「明天請來編輯部一趟。」——事情就是這樣子。

然後現在，我正在編輯部的會議區裡，跟責任編輯面對面。

「…………………」

「…………………」

在我交出的企畫書前，苦悶的沉默氣氛持續擴散。

神樂坂小姐向我打聲招呼後，就開始不停地翻閱著企畫書。

啪唰、啪唰、啪唰。等到她把最後讀完，又從頭開始啪唰、啪唰地翻閱。

接著她臉上露出不懷好意的淺淺微笑。

彷彿馬上會用開朗聲音說出「這要退稿喔。」這種話，是我非常熟悉的可怕表情。

只不過是讓她看個企畫書而已……我卻從眼前這個人身上，感受到有如閻羅王宣告罪人下地獄般的壓力。

快看看這張臉……簡直就像是要割取人類生命的模樣對吧？

「和泉老師——」

死神開口了。

我咕嘟地吞下口水。

神樂坂小姐把企畫書放到桌上。

接著好像要捉弄人一樣，讓人焦急萬分之後——

「——就用這份來進行吧。」

「咦……真、真的嗎？」

不是退稿嗎？

「真的真的，雖然有很多像為什麼不是戰鬥系小說之類的疑問想問你，但你的熱情已經充分傳達給我，而且這個女主角的確有著能夠深入讀者內心的力量。最重要的就是，和泉老師跟情色漫畫老師兩個人都這麼起勁了，在這時候阻止你們實在太浪費了呢。」

神樂坂小姐收起平常那副隨便的態度，以非常認真的表情說著。

「身為你的責任編輯，我跟你保證。這個企畫，我一定會讓它成功。」

「喔喔……喔喔……」

「其實，在你昨天把企畫書寄來之後，我已經跟總編輯討論過了……」

「討、討論過了？」

「和泉老師！恭喜你！」

「咦？那、那麼？」

「是的！這個企畫已經確定要出版了！」

「成……」

我用力握緊拳頭——

「……功啦啊～～～～～～～～～～～～～～～～～～～～～～～～～～～～～！」

編輯部裡響徹著我歡欣的吼叫聲。

成功啦！看到了嗎，紗霧！情色漫畫老師！

我們的作法沒有錯！

「太棒了呢，和泉老師！」

「謝謝大家！謝謝大家！」

我跟責任編輯熱烈地握手。聽到我們交談內容的其他編輯們，也給予我掌聲。最後掌聲組成的浪潮擴散開來——

——哇喔喔——啪啪啪啪啪啪——

恭喜！恭喜你！

祝福的聲音，有如波濤般灌注下來。

而我則是單手摸著後腦杓說著「感謝！」、「多謝大家！」同時不停點頭致謝。

「真的很恭喜你，和泉老師。」

在鼓掌聲停歇後，神樂坂小姐又重複說了一次。

「是！」

那張怎麼看都像可疑死神的笑臉，只有在今天看起來像是天使呢。

「那麼，請為明年五月的出版日好好加油吧。」

嗯？

「咦……？妳剛剛，說什麼？」

今天是，六月對吧？我的新作發售日是……上個月？

「和泉老師的新作發售日是明年的五月！剛好就是一年後左右呢！」

「…………………………」

我這時候的表情，旁人看來想必一定很有趣。

大概就變得跟毫無表情的AscII Art人物一模一樣吧。

視線變得模糊扭曲。剛剛，她對我說了什麼……？雖然自己其實很清楚，但腦袋瓜完全拒絕去理解。

另一方面，責任編輯則是超級開心地祝福我。

「真的非常恭喜你，和泉老師！哎呀～～不愧是有著將一部系列作品好好完結的成績，你真的很厲害！因為能夠像這樣馬上開始進行新企畫，在我負責的作家裡頭，算是非常認真向上的了呢！恭喜你！真的非常恭喜你！」

我想這個人，真的是跟她說的一樣在祝福我。

能夠在我們出版社出書，真的好厲害。恭喜啊。

她一定是真的這麼想吧，而且也完全沒有半點惡意吧。

「…………」

「因為如此，修版稿的截稿日也有充裕的時間慢慢來——我想想，新作的討論會議，就定在半年後你覺得如何？」

在這之前你沒有工作。

就是這句話的意思。

「…………」

如果沒有工作，收入當然也就是零。

這什麼狗屎職業。正因為會突然這樣變得跟無業遊民沒兩樣，所以才會被說是低賤職業啊。

可是，這種發展……其實不是第一次了。

前年也是這樣。當時我的企畫幾乎都沒辦法通過，想說好不容易通過了……卻對我說發售日期是明年，恭喜你喔。

我想也許有人會覺得，只要能出書就不錯了吧。

但是啊，這種連段套路，對於沒有存款、沒有人脈，又不是住在老家的專職作家來說，可是有著馬上會讓人死亡等級的威力。因為這樣而不得不轉職的作家應該有好幾個人吧。

糟糕……糟糕……真的很糟糕。

現在不是大受打擊的時候了！想想辦法……得要想想辦法才行！

「請、請問……」

「是的？怎麼了嗎？」

「為什麼會隔那麼久呢？就是發售日。」

「因為其他的作家老師們也很努力啊，所以出版缺額就一路排到很久之後了喔。日程表滿到沒有空間可以出版和泉老師的書了。」

真的假的。但是，既然她都這麼說了，也沒有辦法。

「那個……請問……妳之前是不是說過幫我保留出版缺額了嗎？」

「那一個缺額不久之前已經排書進去了。」

「妳、妳說什麼？」

「哎呀，真不好意思。在那之後馬上就有人氣作家把新作原稿送過來，所以就優先處理那邊了。」

「那……」

那不就是沒幫我保留嗎！我很想這樣大喊出來，但還是忍了下來。

就是這種時候才更需要冷靜下來……冷靜……要冷靜……

人氣作家老師先交出新作原稿……嗎……

哼、哼嗯……原來如此？也是有這麼湊巧的事呢。

……不，等等。這種發展……我有印象。

我內心雖然已經開始不爽了，但還是勉強故作鎮定地詢問。

「順、順便問一下是誰呢？這位所謂的人氣作家……」

「是我們這個文庫年輕的招牌作家，村征老師。」

「…………………………村……」

啪磅！我用力站起來，抱頭仰望天花板——

「村征啊啊啊啊啊啊啊！果然！又是那傢伙嗎！又來了！我的……我的出版缺額啊啊啊啊啊啊啊啊啊啊啊啊啊啊啊啊啊啊啊啊啊啊啊啊啊啊！」

編輯部裡，響徹著和泉征宗的悲痛慘叫。

「………哥哥，你又變成無業遊民了呢。」

「不、不要說我是無業遊民！」

我發出跟妖精被我說是「小學畢業」時相似的反應。

「請不要把沒有工作的小說家說成是無業遊民。」

「這種時候耍帥也沒用啊，現在哥哥失業了……跟我一樣。」

「……說的……也對。」

現在，我在妹妹的房間——「不敞開的房間」裡頭，跟紗霧面對面坐著。

雖說「封印變得衰弱」，但紗霧會如此輕易地放我進她房間真的很稀奇。

這代表我帶回來的議題，對我們兄妹來說是非常重大的事件。

因為我的妹妹紗霧就是我的夥伴，情色漫畫老師——

如果我不出新作的話，情色漫畫老師的收入也會歸零。

戴著耳麥將那微小聲音擴大的紗霧說道：

「那個……哥哥剛才說的村征老師……就是那位？」

「千壽村征老師，跟我是相同文庫系列的招牌作家。」

紗霧往書架上瞄了一眼。整齊並排在上頭的，就是曾經動畫化過兩次的超人氣輕小說系列作品《幻想妖刀傳》。

「沒錯，就是那本書的作者。」

「這我知道……但是，他有那麼厲害嗎？」

「很厲害。」

「……有多厲害？」

我稍作思考後，用能讓紗霧輕鬆理解的比喻，這麼回答：

「他的人氣比住在隔壁的山田妖精大師還要高上許多……這麼說的話，妳能理解嗎？」

「……有、有這麼厲害？」

紗霧會驚訝也是沒辦法的事。被我用來比較的山田妖精老師，是最近剛決定要動畫化，可說是現在氣勢最旺的輕小說作家。銷售量是我的十倍左右，也很有人氣，真的是個超厲害的傢伙。

山田妖精——銷售量超過一百萬本以上，自稱「大小說家」。

但是，村征老師……如果用銷售量就是作家戰鬥力的妖精風格說法來形容——

她就是累計銷售量超過一千萬本的「偉大小說家」。

「就跟字面數字一樣，層級完全不同。」

「…………是那麼厲害的人，跑來插隊把哥哥想要的出版缺額占去了啊。」

「沒錯，跟前年一模一樣。那時候也是……好不容易撐過了無數次的退稿，正當我以為新作企畫就要通過的時候，那傢伙……！」

嘰咿，我用力把拳頭壓在地板上。

「明明手上就還有熱賣到亂七八糟的系列作，卻還給我接二連三地出新作～！給我乖乖地回去寫《幻想妖刀傳》的續集啦！因為我超期待新刊的耶！不要在動畫播放途中給我出其他的書好不好！咕嗚唔唔唔，可惡的村征……！竟然把應該是我要坐上去的位子……把我的出版缺額給……！把我推開後搶走了啊啊啊啊啊啊！」

「…………你這樣只是反過來遷怒而已。」

「咕嗚？」

我痛苦地壓住胸口。紗霧這傢伙……竟然戳到我的痛處。

「不是啦！聽我解釋！因為啊！那傢伙，那傢伙……明明人氣就比我高那麼多——可是卻在很多地方老是跟我重疊到啊！」

「……重疊？那是指？」

「首先筆名就跟我有點像。」

和泉征宗；千壽村征。

「……聽你這麼一說，的確有點像。」

「對吧？然後連創作風格也是完全相似。」

「戰鬥系，然後稍微加入一些和風的感覺……嗯，的確非常像。」

從作品氣氛，到角色的命名風格之類的都很相像。

完全就是正中我的喜好。雖然村征老師不管是忘年會或是頒獎典禮都不曾參加，所以我一次也沒見過他……但老實說我真的不覺得他是個陌生人。

當我閱讀村征老師的小說時，常有「簡直就像在看自己的作品般有趣」這種感覺。

這就像……我為了自己而全力寫出一部滿足自己的小說——然後再消除自己的記憶去閱讀它一樣，就是那種感覺。

「再加上他相當地『快筆』，同時似乎還是『比我更年輕』的學生作家。」

以前我說過的「比我更年輕的出版社王牌作家」，就是在說這位村征老師。

「妳看？幾乎都重疊了對吧？」

「與其說是重疊……不如說……」

「不如說？」

「……高階版本？」

「…………………妹、妹妹啊……妳剛才，說了什麼？」

我好像聽到了給人非常致命一擊的單字。

「用神奇寶貝來形容的話，就是只要有了烈咬陸鯊般的村征老師，就不需要把沙漠蜻蜓般的征宗老師放進主力隊伍裡頭，大概像這樣？」

「請用我聽得懂的方式形容。」

「吃了燒燒果實的哥哥，是打不贏吃了岩漿果實的村征老師的，大概像這樣？」

「真是謝謝妳這簡單易懂的比喻喔！啊！啊啊！真討厭！」

我塞住耳朵，在原地倒下。

「我很常被這麼說啦！在剛出道的時候！被說是『村征老師的山寨品』或是『劣化村征』什麼的，不然就是『模仿得還真糟糕』之類的！就因為這樣我才變得不敢上網自我搜尋啦！可惡可惡！在ＦＦ裡頭明明是正宗比較強的說～～！」

我不停踢動雙腳並且喊叫，當時的悔恨全都湧現了上來。

看到這樣的我，紗霧只說出一句話。

「…………哥哥，吵死了。太難看了，快閉嘴。」

「…………………………」

我閉嘴了。

「……雖然發售日大幅延期令人感到遺憾…………咳哼。」

紗霧清咳一聲後改變語氣。

「但明年，就可以出版成書了吧。那麼，這也算是前進一步了。恭喜你，和泉老師。」

「……情色漫畫老師。」

這句話真讓人高興。跟剛才不同的意義下，讓我快流出眼淚了，不過……

我緩緩地站起來。

「很遺憾，倒也不能就這麼坐以待斃。」

「？金錢方面……有困擾嗎？」

紗霧再度恢復為平常的語氣。

「如果是這樣的話……哥哥，沒問題的，放心吧。」

面對煩惱著的我，紗霧用跟媽媽非常相似的溫柔聲音，很直接地這麼說：

「就讓我，來養哥哥吧。」

「…………………………」

這……這麼溫柔的一句話，讓我完全不知道該怎麼反應才好……！

是該為妹妹這麼幫我著想而感到高興呢，還是該為我太沒出息而感到悲哀咧。

「我一直，都想要這麼做。」

「……紗霧。」

——**「我想扶養這個家裡蹲的妹妹」**——

她……跟我有相同的想法嗎？

「因為哥哥也是明明是學生卻在工作……所以就算變得能夠交談了也說不出口。」

紗霧露出了有如菩薩般的微笑。

「就算失業了也沒關係。我會代替哥哥……畫、畫些色色的插畫，來好好賺錢的。」

讓妹妹去畫些色色的插畫，來被養活的哥哥。

這在字面上真令人感到無比難堪，雖然我很高興但真是超級難堪。

更何況——

「不、不是的，紗霧……妳的心意我很高興，但、但是稍微等一下。」

「什麼？」

「我煩惱的，不是只金錢方面有困擾而已。而是老爸跟媽媽不在了以後——我跟姑姑定下的約定。」

姑姑——老爸的妹妹。

也是我們兄妹現在的監護人。

「我向她保證，會以小說家的工作賺到能夠獨立自主的收入，所以希望能讓我維持『現在的生活』。」

「——」

紗霧睜大了眼睛並且無法動彈。

這件事……我實在很希望能夠不要對紗霧說出來。

造成媽媽跟老爸離開人世，那個「一年前的事件」——

在那之後，成為我們監護人的姑姑，跟我定下好幾個約定。

雖然還有其他好幾個約定，但要我大概說明一下的話——

——要讓學業跟工作兩立，同時持續交出一定的成果。

——改善紗霧的現狀。

這就是維持現在生活的條件，也是為了「在我的主導下打破現狀」的條件。如果違反約定的話，到時候……就會變成「在姑姑的主導下打破現狀」了。

這樣我就會沒辦法跟紗霧住在一起，因為是那個姑姑。雖說以前在很糟糕的情況下失敗了——但她絕對會再次使用強硬的方式把紗霧帶出房間。

這一點讓我很厭惡，無論如何都很厭惡。

所以，我從一年前開始拚死工作，學校成績也不敢輕忽大意。事到如今絕對不能再回到前年的工作狀況了。

這就是我的煩惱。

「……哥哥也跟姑姑定下約定了呢。」

「妳說哥哥『也』的意思……紗霧也是？」

「嗯。關於插畫家的工作這件事，我跟她約定好了。」

原來如此。仔細想想，國中生要從事工作，是不可能沒有大人從中介入。

……等等……這麼說來……不，現在先算了，以後再說。

「是這樣嗎，詳細內容我就不過問了……不過沒問題嗎？」

「嗯，沒問題。」

「那就好——果然，問題出在我定下的約定啊。」

身為作家，要持續交出一定的成果。

一整年沒有出版——收入斷絕的話，就會變成違反約定的狀況。

「……要怎麼辦？」

「嗯唔——」

如果是其他作家的話，在這種時候會怎麼辦呢？

唯一的客戶那邊要一年後才會有工作，使收入斷絕的時候。

「請其他出版社……更早出版這本書，這樣呢？」

提出建議的人，是紗霧。

「那是指……所謂的『帶稿自薦』這樣嗎？」

「嗯……如、如何呢？」

「……我沒做過這種事……」

老實說，我毫無自信。具體上要怎麼辦才好，完全不清楚。

這種事情一般來說，得要在別的出版社有認識的人，透過他來介紹編輯——之類的。或者是經由「認識的人的朋友」來介紹見面——之類的。

我一直覺得應該是這樣吧。

「不過我在其他出版社又沒有認識的人……該怎麼辦呢……」

喀啷！

「不是有本小姐在嗎！」

從一個不可思議的地方，傳來一道既宏亮又很耳熟的聲音。

「嗚哇？」「嗚啊？」

我跟紗霧同時往聲音的方向——也就是陽台轉頭看去。

雙手交叉在胸前，不動如山地站在那邊的，正是身穿蘿莉塔服裝的美少女，山田妖精大師。

「～～～～～～～」

紗霧大驚失色地逃到床上，拿起棉被往頭上蓋。

雖然是可以一起玩遊戲的交情，但她的怕生習性依舊存在。

我對侵入陽台的妖精開口說道。

「妳、妳這人啊！竟然從這種地方……！」

說起來，這傢伙之前不是因為拖延截稿時間的關係，被編輯給抓起來關禁閉了嗎？

「本小姐乃山田妖精！從闇黑牢獄歸還之人！」

妖精保持著雙手交叉在胸前的姿勢，高聲地報出名號。

她咕呵呵呵地冷笑之後。

「和泉征宗……本小姐出現在這裡有那麼不可思議嗎？」

「是、是啊……原稿寫完了嗎？」

「超拚命的寫完了啦！因為本小姐一心一意只想快點回家啊！在那之後就一——直被監禁在編輯部裡頭喔！不是跟你說過要盡早把本小姐拯救出去嗎！還寄了好幾封簡訊給你！為什麼都不來拯救本小姐啊！」

「還問我為什麼……我怎麼可能去啊。而且我也想要早點讀到妳的新刊啊。」

「公主一直都在等待著王子的救助啊！難道你不想要公主的親吻嗎？」

「誰想要啊！再說誰是公主！啊，恭喜妳完稿了。」

「謝謝——不是吧！啊啊真是的！回到主題啦！」

咻唰！妖精直指我的臉。

「征宗、情色漫畫老師——看來你們需要本小姐的力量呢！」

「為何？」

「咕……你的推理能力還真差！如果有本小姐這個超天才美少女作家大人的人脈，把你的原稿拿給我們出版社的責任編輯看，這點程度是輕而易舉的啊。」

「公主！您說的是真的嗎？」

叩咚！我超神速地跪下，用雙手握住妖精的手。

結果妖精就因為剛才生氣的餘韻而滿臉通紅。

「真、真的啊……雖、雖然能夠幫你的，最多也就……只到讓責任編輯閱讀你的稿子為止而已——」

「這樣就足夠了，公主！感謝您的恩賜！真的太感謝您了……！」

我高興到幾乎要淚流滿面。

「今天的公主，比平常要更加美麗啊！您的背後彷彿可以看到聖光！」

「拍、拍馬屁也不要拍得那麼假好嗎……再說，那個公主的稱呼可不可以不要再喊了？雖然是本小姐自己講出來的，但實際被這樣叫還真是噁心。」

講得還真過分——不過現在我原諒妳！

我對妖精這個提議就是感謝到這種程度。

不管怎麼說，這都是為了在未來也能繼續跟妹妹一起生活，而必須籌措打算的事情。

無論再怎麼感謝都不足以表達我的心意。

「哪個啊……妖精大人♡關於謝禮，我的心跟身體，您比較想要哪一邊？」

「噁心死了，真的快給我住手。」

啪咻，妖精把我的手甩開。

「…………………………」

看來我還是沒辦法模仿惠惠那種風格。

另外，紗霧不知道是怎麼了。

「嗯嗚——————！嗚嗯——————！」

咚咚咚咚咚咚！

她維持著把棉被從頭上蓋住的形態，開始不停憤怒地踩踏地板。

「……紗、紗霧？妳、妳是怎麼了？」

「不知道啦！笨蛋！花心男！」

即使是精通踩地板語言的我，也無法理解妹妹生氣的原因。

隔天放學後。

我跟妖精，一同走在前往位於飯田橋的出版社的路上。

這不是要到有妖精人脈的FULLDRIVE文庫編輯部——而是要去平常一直照顧我的出版社。

昨天在那之後，妖精當場就聯絡上她的責任編輯，解說事情經過以後，就把電話轉交給我。

『這件事我了解了。不過在讓我拜讀原稿前，請再跟您的責任編輯商量一次看看。』

對方這麼對我說。

我想出版的原稿亦即想要帶稿自薦的企畫，因為是已經向神樂坂小姐提出過的東西，所以如果想帶到其他出版社的話，應該要先跟她說一聲——對方是這麼主張的。

原來如此，這麼一說的確是這樣沒錯。

我也覺得很合情合理，於是我就依照對方的提案，前去跟自己的責任編輯會面。

「……雖然現在才問也太晚了，為何連妳也一起跟過來啊？」

妳的穿著打扮太過招搖，實在是很引人注目耶。

順帶一提，今天的妖精穿著紅色的蘿莉塔服裝。不過跟平常的色調不同，不知道是不是有什麼特別的含意。

妖精在我身旁以輕盈的腳步走著，她抬頭瞄了我一眼後說：

「你自己去實在很讓人擔心，所以本小姐才特地陪你一起去啊。」

「擔心啥啊……我只是去報告說要到別的出版社工作而已啊。」

「本小姐覺得事情不會那麼簡單——不過這是從哥哥那邊學來的就是。」

「嗯？哥哥？妳在說誰啊？」

「昨天你不是才通過電話嗎？就是本小姐的責任編輯啊。」

「咦！那個聲音超帥氣的人，是妳哥哥喔？」

「對啊。」

「真的假的！這什麼巧合……！兄妹一起工作之類的，怎麼可能有這種偶然……！」

「這也不是什麼偶然，而且你也沒資格說別人家吧。」

也是啦。

既然不是偶然，那就代表妖精在FULLDRIVE工作這件事，跟她哥哥是有關連性的，應該就是這樣子吧。

話說回來，這傢伙雖然看起來是一個人住，但雙親之類的是什麼情況呢？她哥哥明明感覺那麼有常識，為什麼妹妹卻是這副德行呢？

類似這類的問題——雖然我腦中湧現了好幾個關於妖精家人的疑問，但我也不打算特地去問她，畢竟這是很敏感的話題。我自己不想被問的話題，當然也就不會去問別人。

再說是這傢伙的話。她想說的時候，到時就會自己講個不停吧。

「算了，只要有本小姐在你就放一百個心吧。好好感謝本小姐吧。」

「那當然，我很感謝妳喔。」

有個肯為自己擔心的人在身邊，光是這樣就很安心了。

「是、是喔……那就好！……那、那個啊……對了，看來我們比約好的時間還要早到了，就去咖啡廳坐一下吧！本小姐請你吃蛋糕！合乎本小姐品味水準的店之前就調……不對，之前剛好很偶然地看到了！真的就只是偶然喔！——啊！你剛才，是不是想著這就好像是約會一樣？想必是感到光榮很開心對吧？呵呵，真拿你沒辦法呢～～所以才說思春期的男孩子就是這樣！真的是自我意識過剩！雖然絕對不是這麼一回事！也半點都不像是在約會！但本小姐就特別允許你可以妄想一下這種情節吧！」

妖精的心情看來真是有夠好。

為了打發時間，我們走進一間很時髦的咖啡廳，面對面坐下。

店裡播放著古典音樂。店內的裝潢充滿高級感，就連妖精那誇張的服裝也不會顯得突兀。用英文寫成的菜單上，陳列著會讓人懷疑是不是看錯了的金額。

「這頓就由我來付吧，果然還是不能讓年紀比我小的人付錢。」——

我原本是想這麼說的……

「……妳、妳真的肯請客對吧？」

「…………………你這句台詞真是遜翻了。」

「我身上錢不夠嘛！而且也看不懂菜單，點餐就交給妳，可以吧？」

「唔哇，當小說家的人竟然不會讀英文……不過就是這種程度，竟然敢狗眼看人低地說本小姐是『小學畢業』呢——順便說一下，本小姐可是精通八國語言喔。」

「真的假的……太強了吧。」

從這金髮碧眼的外觀上看來，雖然我一直覺得就算她懂英語也不是什麼奇怪的事情，但她卻擁有這種程度的教養倒讓我很意外。

……因為明明連加減乘除都算不好。

「……妳果然是有錢人家的大小姐吧？」

「哎呀，這麼在意本小姐嗎？……嘻嘻。」

妖精把單手擺到嘴邊後嫣然一笑。

這個動作，充滿了不可能在一朝一夕之內培養出來的氣質。

她豎起一根白皙的手指頭，同時閉起單眼。

「……這是少女的祕密喔。如果你說什麼也想知道的話……呵呵，就跟本小姐更加親近吧。」

「倒也是沒那麼想知道。」

「為什麼啊！」

幾分鐘後——

在點的蛋糕送來了之後，我們還是像這樣子繼續閒聊（跟往常一樣，內容幾乎都是妖精在自誇）。

聊到一半，妖精突然說出了那個令人忌諱的書名。

「《幻刀》二季的光碟銷售量，不知道會有多少呢！」

《幻刀》指的就是千壽村征著作的《幻想妖刀傳》的非官方簡稱。

「還有依照本小姐的預測，跟原作的驚人銷售量比起來，大概會落在很微妙的數字上吧。動畫第一季的時候也是這樣，原作者似乎一點都不想配合——」

我用略為不耐煩的聲音說。

「妳從剛才開始就一直在講銷售量的話題耶。」

而且都是別人的作品。

「到底是有多喜歡這種話題啊。」

「咦？因為你應該也有興趣吧？」

「不會啊，沒啥興趣。」

「把其他作家跟自己的銷售量作比較，然後分出誰輸誰贏，你不覺得很有趣嗎？」

「不會啊，沒啥興趣。」

我重複著相同的台詞。

跟別人比較這種事，對我毫無意義啊。

關於作品的銷售量，工作上就算不想管也非得好好考量才行，所以我不想連私底下都還要拿出來講。再說，我可沒那種空閒去管別人。

「我覺得在看讀者來信的時候比較快樂。」

「是喔，真稀奇呢。其他的作家們……或者說，討論銷售量討論得比誰都還要認真的就是業界人士喔。」

出現了，又是老樣子的偏見。

「在動畫腳本會議上，製作人們總是說些『這期肯定是那部獲得霸權ｗ』或是『很好！搞出這種糞回真是辛苦啦！這下子我們銷量贏定了！』不然就是『那部動畫的製作排程真的是慘無人道ｗｗｗ』之類的，盡是一些無比庸俗的話題喔。」

「不要告訴我那種業界內部的黑暗面啦！」

「你在生什麼氣啊？啊，難道你是主張『作家那麼在意銷售量真是丟臉』的類型嗎？嗯～～這種類型的本小姐實在無法理解呢——難得都跑來玩這個世界上最有趣的對戰遊戲了，不去看分數的話要怎麼玩啊？」

「把工作當成消遣」的妖精，似乎是抱持這種想法。

小說家這個職業，應該還有其他更有趣以及更重要的事情吧……

而且啊，這傢伙應該也很清楚才對。

為什麼老是要說這種故意使壞的話呢？

不過……如果能在口頭上說贏得意忘形的妖精讓她陷入消沉，想必會挺有趣的吧。

「這麼說來，妳就是『會對讀者耍傲嬌的類型』吧。」

「那、那是什麼？」

我滿臉笑容地開始學起妖精的語氣講話。

「『不要搞錯了喔。本小姐有興趣的只有銷售量跟讚賞，讀者全部都只是本小姐的僕人而已。』」

妖精的臉剎那間變得火紅。

「不、不要講些奇怪的話好嗎！傲——傲嬌什麼的！本小姐才不會去做這麼愚蠢的行為！本小姐只是認為身為專業人士就要跟讀者保持一段距離而已！本、本小姐才不會對讀者們有什麼好感之類的！請不要搞錯了！」

完全就是很自然地在傲嬌嘛……

「是是是。山田妖精老師真是亂可愛一把的，這點我們已經很清楚啦。」

「什！可、可愛……」

她唔咕的一下子有點說不出話來，接著又紅著臉低聲說：

「給、給本小姐記住……！」

我用手托住臉頰並撐在桌子上。

「順便請問一下，妖精大師您對自己最熱愛的銷售量輸給那個村征老師這點，有什麼看法呢？」

我稍微有點壞心地這麼詢問她。

本來以為她會感到不甘心，結果妖精卻一臉無趣地這麼說：

「哼……跟那種傢伙較勁根本就毫無意義可言。」

「這話怎麼說？」

「因為沒辦法分出勝負啊。那傢伙……總覺得……該怎麼說呢……他一定跟我們不一樣，只是自顧自地玩著單人用的遊戲而已。就是這種感覺。」

「這比喻聽不太懂……不過妳講得好像有跟村征老師見過面一樣。」

「雖然沒見過面，不過有看過那傢伙的小說。」

妖精在自己眼睛旁邊用手擺出剪刀型手勢。

「——本小姐的『神眼』是能看透本質的技能。只要閱讀過對方寫的書，至少能知道對方是個什麼樣的人喔。」

「…………」

妖精經常講些技能什麼的妄想台詞，雖然當然不是什麼都能全盤相信的東西——可是總覺得似乎有著一定程度的真實性。

「例如說……征宗，如果你的銷售量輸給本小姐，然後連讀者們也都對你說妖精老師的書比較有趣的話……」

「那我當然會不甘心到哭出來啊！」

我不等她說完就回答，光是想像就已經一肚子火了。

「嗯哼，然後呢？接下來呢？」

「……會很不甘心……非常不甘心……但也沒辦法，所以就繼續寫小說……這樣吧？」

她是有什麼意圖才會問這問題嗎？當我照心裡所想的答案回答——

喀噠！妖精雙手壓在桌上，接著把身體伸過來，用燦爛無比的笑容說：

「所以說，本小姐才會最喜歡你了！」

「…………」

……

我跟妖精都不停地眨著眼睛。

雙方的臉就在鼻尖要碰觸到的距離。為了釐清這個狀況，需要花費幾秒鐘的時間。

「！」

妖精的臉一下子連耳朵都紅了。

她慌張地把臉退開，揮舞著緊握的拳頭否定著。

「雖、雖然說喜歡，但不是那個意思喔！」

「是、是喔。」

「剛才那意思是……就是……能夠贏過像你這種會打從心底感到超級不甘心的人，是最有趣的一件事這種意思！」

啪！她大手一揮，露出好像連口水都快要流下來的陶醉笑容。

「啊哼～現在那傢伙想必一定非常不甘心吧♪一定是超級嫉妒本小姐，然後正咬牙切齒的吧♪光是這樣想像著，就讓人開心得不得了，臉上的笑容完全停不下來呢！」

妳這性格真是棒透啦，我說真的。

能講得這麼直接，反而給人一股爽快感。

「反過來說——村征那傢伙完全不行！完完全全不行！本小姐敢斷言，就算那傢伙的銷售量被本小姐超過，或者是自己作品的動畫銷售量爛透了，他也不會有絲毫的悔恨。就算在他眼前指著他嘲笑說哈哈哈死了吧，想必也不會有任何反應——跟那種無聊到翻的傢伙競爭勝負，有什麼好玩的？」

跟不會激動的人對決，是分不出勝負的——妖精揮揮自己的單手說著。

對個沒見過面的對象，還真講得肆無忌憚呢。

「這麼說來，我的責任編輯也曾講過。她說村征老師是住在不同世界，對俗事沒有興趣，有如仙人般沉穩的人，也說從來沒看過他激動過——這些的。」

跟妖精擅自描述出來的人物側寫，還真是沒有相差太多。

千壽村征。

比我更年輕，累計銷售量超過一千萬的怪物。

三年前讓我內心遭受嚴重創傷，可說是和泉征宗的天敵。

……他到底是個什麼樣的人呢？

不過，想再多也無濟於事。

當了三年作家都沒見過面了，想必一輩子都不會見面了吧。

「好，差不多該走囉。」

因為差不多快到跟神樂坂小姐約定的時間了，我們走出咖啡廳，再度往出版社走去。

「跟編輯的談話結束後，你也就正式成為我們FULLDRIVE文庫的一員了呢。」

我們作家再怎麼說都只是個人業者，並不是屬於特定出版社或編輯部，但看來也會有像這傢伙一樣充滿歸屬意識的人。

不過以妖精的情況來說，她應該覺得編輯部是「自己的所有物」吧。

「這樣子你就加入由本小姐全新創立的派閥來吧。本小姐可是同一個編輯部的偉大學姊，你可要對我絕對服從喔。」

「當偉大的妖精學姊搞出問題的時候，總覺得連我也會被延燒到，所以還是算了吧。」

正當我們聊些沒營養的話題時，也剛好抵達出版社大樓。

在那邊，我們目擊到奇妙的光景。

「哎呀……那個是……」

看來妖精跟我注意到同一個事物。

穿著和服的女孩子，在大樓入口前一個人孤身站著。她單手掛著手提袋，低頭看著用兩手打開的地圖。偶爾抬起頭來，呆呆地仰望著大樓。

「哇，好誇張的穿著。」

「最好妳有資格講別人——那女孩也是有事要到出版社嗎？」

在我的話說完前，妖精就往和服少女跑去。

「喂喂，妳也有事要到這棟大樓嗎？」

「！」

女孩子顫抖一下後便僵直不動了。看來是因為妖精突然從背後出聲叫她，讓她嚇了一大跳的關係。也因為這樣——

啪唰啪唰啪唰……有東西從手提袋裡頭掉了出來。

「……啊。」

和服少女慌慌張張地撿起掉落的東西。

「哇……抱歉。」「喂，妳搞什麼鬼。」

我跟妖精雖然慢了一步，但也開始幫她把東西撿起來。

「唔，這是……」

從少女的手提袋掉落出來的，是好幾本筆記本。筆記本的種類非常多樣化，其中還包含了像是小學上課時使用的類型。

其他還有些不知為何把「超商的宣傳單」或是「像是學校發給學生的藁草紙影印資料」用夾子夾起來的東西也散落一地。

……什、什麼啊？

雖然這麼想著，但撿到途中我就注意到了。

在傳單的背面跟藁草紙上頭，都用鉛筆寫滿了密密麻麻的文章。

我想筆記本裡頭應該也是相同的狀況。

這這……這些筆記本與紙張——是小說的手寫原稿。

「……妳是，小說家？」

妖精這麼說著。

「！」

啪啪啪！和服少女從我們手中把原稿拿回去，緊緊地抱著它們。

接著──

「──────」

她睜大眼睛並且僵住了。

此時我才第一次看到少女的容貌。

大大的鳳眼，讓她看起來似乎個性十分強勢。

而她的眼神，直直地盯著「我」看。

「…………………」

少女無言地看著我。

……奇怪……我們是第一次見面，沒錯吧？……為什麼這女孩看到我之後會嚇一跳呢──不對，應該只是看起來像這樣，但實際上是被妖精問話時嚇到了而已吧？

妖精又再問了她一次。

「喂，怎麼了啊？妳是小說家對吧？」

「……………」

「聽人講話啊！不要無視本——好痛。」

我往她後腦杓劈了一記手刀。

「不要突然大喊啦。妳看，她都嚇到了不是嗎——真是抱歉喔。」

我溫柔地對少女微笑，就像是對待妹妹時一樣。

少女似乎在聽到我這句話後，才好不容易恢復平常心，滿臉通紅的輕輕搖搖頭。

「……不會，我已經沒事了。讓你們見笑了。感謝你們幫我撿東西。」

那是十分凜然的帥氣聲音。

雖然外表看起來比我年輕…………但說不定年紀其實比我還大。

「不會，我們才是突然出聲叫住妳，真是抱歉。那個——」

就在我想對少女說幾句話的時候。

「哈哈，本小姐知道了！妳是帶稿來自薦的新人對吧！妳剛才在看地圖，又帶著手寫原稿的理由，也只想得到這個了。」

妖精立刻從旁插話進來。

關於這位和服少女，我也跟妖精相同看法。

要交給出版社的原稿，在這種時代還用手寫實在是不可能的事情。這女孩連這麼基本的事情都不知道，所以至少應該不是我們的同行吧。

「一定是想要把第一次寫的小說拿給編輯看，所以才會沒有事先約好就不辭辛勞地從鄉下跑來，應該是這樣對吧！偶爾會出現像妳這樣的外行人呢。話先說在前頭，不管哪間出版社都一樣，沒有實際成績的人帶稿自薦是不會被接受的喔。就算妳就這麼一個人走進去，也只會在櫃台就被請出門外而已吧。」

的確是這樣沒錯。

因為小說家是不需要什麼資格證照，不管是誰，講極端點是個就算是小學生，只要有本事就能夠當上的職業……

為了獲得工作，就需要「實際成績」、「人脈」與「溝通能力」這些東西。

完結一部系列作品的「實際成績」。作品被動畫化的「實際成績」。獲得新人獎的「實際成績」。寫出的網路小說非常有人氣的「實際成績」——大概是這些的。

如果沒有這些東西，就沒辦法拿到工作。就算有但如果不多的話，就會跟現在的我一樣，演變成「發售日就定在一年之後吧」這種狀況。

所以，雖然覺得很可憐，但這女孩子帶稿自薦的成功機率可說是完全沒有。

當我思考著這些時，妖精卻說出這種話來。

「不過，機會難得，妳就跟我們來吧。當作嚇到妳的賠罪，本小姐就拜託他們讓妳參觀一下編輯部吧。」

「妳、妳喔……」

為什麼能講得好像自己在這裡很吃得開一樣？妳跟這間出版社明明就毫無關係啊。

再說啊，我們現在可是要去討論「要到別的出版社工作」這種壞消息的耶。

聽完妖精這句話的和服少女，不表示肯定也不表示否定地抬頭看著大樓，然後重新面向我們。

「你們……是小說家嗎？」

「沒錯！」

妖精自豪地回答。

「那麼，是在這間出版社……出書的嗎？」

「本小姐的書是在別間出版社出版的！妳知道山田妖精老師嗎？當然知道對吧？」

這種切入話題的方法！

『當然知道啦！就是那位超人氣作家——啊！難、難道說！』

『哼哼，就是本小姐！』

她只是想搞這種套路吧……

和服少女稍微思考片刻，然後搖搖頭。

「不，我不認識。」

「……咦？」

妖精這時候的表情，讚到讓我想要拍下來永久保存。

「妳……妳剛、剛才……說什麼？」

就算她懷著一絲希望再問一次，回答她的，是最近很常聽到的那個句型。

「我不認識叫那種名字的人。」

「————」

咚鏮——！有如受到這種音效般打擊的妖精鐵青著臉。

「噗。」

我忍不住笑了出來，然後拍拍大吃一驚的妖精背部。

「她說不認識妳耶！暢銷作家這下子可是顏面盡失了呢，哈哈哈！」

「嗚……囉、囉唆啦！不准笑！」

妖精狠狠地往我瞪過來。

她再次面向和服少女，接著擺出帥氣姿勢報上名號：

「本小姐就是超有名的美少女輕小說作家，山田妖精！好好記住吧！」

「…………」

對方只是呆呆地看著她。

「唔咕咕……反應還真淡薄……嘖。」

這傢伙，真的是以為所有人類都會知道自己的名字。

但實際上大概就是會像這樣吧。

「就算是暢銷作家，不知道的人就是不知道啦——妳也不要太在意喔。」

和服少女無言地點點頭。

妖精接著一下子就把臉靠到少女旁邊。

「竟然沒有看過本小姐的作品，這可會是人生一大損失啊！再過不久就要動畫化了，而且超超超～級有趣的，絕對要看！馬上就去看！這麼一來，妳就絕對會把本小姐的名字，當成神一般地崇拜！」

「真的那麼有趣的話，我真想閱讀看看。可以把書名告訴我嗎？」

「是《爆炎的暗黑妖精》喔！如何？這書名超帥氣的對吧！」

妖精很高興地說著。

「……」

和服少女則疑惑地側著頭。稍微沉思一下後……咚地用拳頭敲打掌心。

「這本書的話，我有買啊。」

「！也、也就是已經看過本小姐的書了嗎？那為什麼作者——不，身為神的本小姐名諱卻不知道呢！」

「那是…………」

「是什麼？快給本小姐從實招來！」

「差不多這樣就夠了吧？好不好？」

我為了從憤怒的妖精老師手上，保護（未來的）新人作家，於是從中插話。

「哼！」

妖精氣得雙手交叉於胸前，然後把頭轉一邊。

和服少女也許是懼怕妖精的怒氣，於是把頭低下來——

「因為……」

她輕聲地自言自語。

「——」

我說不出話來。

本來，那應該是小聲到誰也聽不見的自言自語。

但習慣聽妹妹說話的我，卻聽見她用超細微的聲音說了些什麼。

剛才……是我聽錯了……對吧？

另一方面，妖精似乎在自己心裡頭獲得了這樣的結論。

「算了！這代表不管閱讀了多麼有趣的小說，還是會有人不去注意『作者的名字』而已吧！這樣的話，接下來就好好教導妳本小姐的偉大吧！來吧，跟本小姐走！」

妖精指著玄關，精神飽滿地催促我們。

總之，經過這陣喧鬧以後，我們總算是帶著和服少女進入了大樓的入口。

在櫃台領取入館證以後，我們前往電梯大廳。

接著再搭乘電梯前往十四樓，在寬廣的接待室裡等待責任編輯。

另外在這段路途中，妖精不停地對和服少女講些自吹自擂的話。

本小姐可是累計銷售量超過兩百萬本的超厲害作家；本小姐可是已經決定動畫化的超厲害作家；本小姐可是有著連偶像都略遜一籌的美貌的超厲害作家，等等的……

「懂了嗎？總之銷售量就有如是作家戰鬥力的象徵！本小姐的戰鬥力可是高達兩百二十萬喔！很厲害吧？喂喂，很厲害對吧？開始尊敬本小姐了嗎？」

原來如此。這就是妖精所說，正處於激動的人啊。

「不要再說了啦，她很困擾吧？」

「閉嘴啦戰鬥力二十二萬！因為本小姐可是買了兩百萬本，所以本小姐不管對你們說什麼都是被允許的！有著超過一百萬以上的銷售量差距就是這麼一回事啦！ＯＫ？了解了嗎？」

「…………」

有沒有誰可以讓這傢伙嚐嚐苦頭啊。

我苦笑著對和服少女說道：

「抱歉喔，平常的她不是這麼壞心眼的傢伙……今天她的心情好像不太好。」

和服少女搖搖頭。

「不會，我受教了。」

「……？」

總覺得搞不太懂這個女孩。

一開始以為她是個凜然冷酷型的成熟女孩子，但看來似乎不是這樣。

會這麼想，是因為從剛才開始，這女孩在妖精拚命自吹自擂的時候，一直都是發呆想著其他事情的樣子。那時候就算我向她搭話，三次裡頭也只會回答個一次而已。

「…………唔嗯。」

「有時候會沒在聽別人說話」這點，因為我在「靈光一閃想出點子」時也會這樣，所以倒也沒什麼資格去講別人。

我這個人！竟然曾在跟妹妹交談途中！不自覺地！沉浸在腦內執筆的思考裡頭。這是個就算想要醫治也醫不好，完全沒救的體質。

因為這女孩也是個立志成為小說家的新人，說不定也會過度沉浸小說執筆裡頭——或許是有「跟我相同的病狀」。如果真是如此……那還真讓人有股熟悉感。

我對她懷抱著奇妙的親近感。

當我這樣跟和服少女聊天之後，妖精就過來找麻煩了。

「哇啊，從剛才你就在那害羞什麼啊……難道說，你喜歡這種類型的女孩？……有夠差勁的，啊——啊，所以才說男孩子就是這樣……」

喀恰喀恰喀恰喀恰。妖精斜眼瞪著我，同時手指在智慧手機上滑來滑去。

「？妳在幹嘛？」

我往妖精手上看去，結果就看到她居然在推特上寫下這種東西。

──『征宗他正在搭訕一個帶稿自薦的可愛新人ＮＯＷ』

我朝她的後腦杓打下去。

「超痛的耶！你幹嘛啦！」

「少在那邊寫些惡質的謊話上去！而且前一個推特留言是什麼鬼啦！」

──『跟和泉征宗老師約會中ＮＯＷ♡』

「妳、妳這個白痴女人……！萬一這個被紗霧看到引起奇怪誤會的話該怎麼辦啦……！」

「反正你已經被甩了沒差吧？」

「誰跟妳沒差！我想要創造帥氣的哥哥形象啊！我超想的！」

「沒關係啦，反正你也辦不到。已經太遲了。」

「才沒這回事！我說沒這回事就是沒有！」

另外還有一件事──

我還沒有對和服少女自我介紹。

因為她似乎有點溝通障礙，完全不肯自己報上名字──

而且我又有聽到剛才她跟妖精之間的交談。

如果她說「和泉征宗？那是誰？」的話，我可以充滿自信地說這會讓我內心大受傷害。

再加上——

剛才被問到「為什麼有買書，卻不知道作者山田妖精的名字」時，從她口中以超細微的聲音自言自語說出的台詞。

她以感覺非常悲傷的聲音說——

——因為很無聊。

當我斜眼偷看著少女的臉孔時。

「久等了～」

我的責任編輯神樂坂小姐來到接待室了。

「我看過信件了，不過你說想要去別的出版社工作啊？啊真是的，不行不行不行不行啦！因為上次提出的那個企畫超有趣的！我們很期待它能成為一定程度的戰力呢！對方那邊我會打電話過去，好～好地跟他們談一談的！接下來也請跟我一起兩人三腳般地同心協力吧！就這樣吧！」

這個登場台詞還真是符合死神的形象，沒想到我們這邊的首級在相遇瞬間就被她砍下了……

「…………」

我只能驚訝得張大嘴巴。

身旁的妖精則像是一臉「你看我就說吧」的表情。

神樂坂小姐在我們身旁停下腳步，擺出笑容說著：

「而且啊，我接下來馬上就要跟超人氣作家老師開會了，很忙的喔。所以——」

「我、我也是啊！以後我也還想繼續在這裡工作！」

省略了很多步驟，我直接吶喊出靈魂的吼叫。

「但是……！我……！請不要妨礙我！」

「咦？我沒有妨礙到你吧？」

「當然有！妨礙得亂七八糟的！幹嘛把我的工作搞掉啊！」

「我才沒有搞你啊～不是都說過一年後我們就會幫你出版了嗎～」

「咕嗚嗚……一、一年後就來不及了啦！我在信件裡也說明過了——」

此時，有人插進了我們的對話之中。

「好啦好啦好啦好啦，到此為止、到此為止。」

是妖精。

「本小姐就知道會變成這樣，所以才會跟來。征宗，這裡就交給本小姐吧。」

之後回頭想想，這個發言真是太糟糕了。

「————————————————」

如果沒有在這裡說出我的名字……就不會發展成……「那種情況」了。

跟我們一起來到這裡，現在也就在我們旁邊，這位完全不講半句話的女孩，此時我完全沒去注意她。正如大家所見，現在真的不是時候。

「啊，山田老師，原來妳也在啊？」

妖精完全無視神樂坂小姐的挖苦，開始對著我高談闊論起來。

「聽好囉？征宗，這個歐巴桑的時間感覺跟我們這些年輕人不同啦。不是常有人說年紀一大，感覺一天就變得越來越短嗎？想必對個老太婆來說，一年絕對是一下子就過去了。而一年對我們來說那分量可就不同了。所以她才會輕易地說出，出版日就在一年後這種話來——這種編部還是早點放棄改來我們出版社吧。好嗎？我們出版社很棒喔～有個超級美麗溫柔年幼的學姊在，小說寫完也能馬上出版，又有家事萬能還很可愛的同行會照顧你，截稿日也很好通融，還不會用牟取暴利的價格來販賣動畫光碟，而且搞不好還能交到年紀比你小的女朋友喔！」

這聽起來實在很像可疑的雜誌廣告。

「……『年紀比我小的學姊』這句，聽起來讓我稍微有點心動呢。」

就算對象是妖精學姊也一樣。

「沒錯吧？就是這樣對吧？」

因為在這間出版社裡，我幾乎是最年輕的了，所以都只有年紀比我大的前輩們跟學弟妹。對我來說，「年紀比我小的前輩」是挺令我憧憬的存在。

「真是的，話說回來，本小姐的工作可是多到讓人想哭了——沒想到卻會有人哭著想要有個工作。該怎麼說，人生還真無法盡如人意呢。」

就是說啊，這世界真不公平。

「總而言之，本小姐想要說的，就是不管這個人叫喊些什麼，你的選擇都絕對不會被破壞掉。你不是有著——比一切都還要重要的夢想嗎？」

妖精以溫和的笑容詢問著我。

……是啊，正是如此。

我想做的事情，我必須做的事情。

這種事情，老早之前就已經決定好了。

再來就是把這一點，好好傳達給一直照顧我的責任編輯知道——然後好好溝通。

因為今天就是為此而來的。

「神樂坂小姐。」

「嗯、嗯嗯。什麼？」

「之前所提出的戀愛喜劇小說，我絕對要讓它出版成書。我非得在今年內盡快交出身為作家的成果才行。無論如何都必須要。」

所以──

「──請跟我好好討論。」

我滿懷誠意地向她低頭鞠躬。

現在我說的話全都只對自己有好處。但我很清楚這點，同時也想找最能信賴的大人商量。

稍微停頓一下以後，神樂坂小姐開口說道：

「和泉老師。我說啊，請把別人的話聽完好嗎？也請不要隨便就把別人當壞人嘛。」

「咦？」

「我在昨天接到信件之後，因為嚇了一跳所以仔細思考過。想說有沒有辦法能夠讓和泉老師獲得工作機會──所以呢……」

可、可是剛才怎麼看都不是這種氣氛啊。

「所以怎麼樣？」

「呵呵呵，要好好感謝我囉。只有這次是特別允許的喔。」

神樂坂小姐像是先賣我一個恩情似地，然後再笑嘻嘻地把那個東西拿出來。

「鏘！請看這個！這是我們編輯部舉辦的小說比賽！名稱是『輕小說天下第一武鬥會』！」

那是份被夾在資料夾上的文件。

「「『輕小說天下第一武鬥會』？」」

我和妖精的回應重疊。神樂坂小姐則用很得意的語氣開始說明：

「沒錯！這是讓才華洋溢的新進作家們，在雜誌上刊載單回完結的短篇小說，然後透過讀者投票來爭奪出版缺額——內容就是這樣的全新計畫！」

這不是抄襲富士見書房舉辦的活動而已嗎？

「和泉老師，你覺得如何？要不要試著參加這場大賽呢？」

神樂坂小姐把夾在資料夾上的文件與原子筆遞給我。

文件上寫著這些內容——

「輕小說天下第一武鬥會」概要（公司內部用）

- **參賽條件：出道兩年以內，尚未動畫化的作家。**
- **參賽名額：5**
- **刊載雜誌：《月刊輕小說JUMP》七月十日發行號。**
- **刊載作品：單回完結短篇小說（文庫本換算，六十頁以內）。**
- **原稿費用：原稿用紙一張約兩千五百圓（以四百字原稿用紙換算）。**
- **評選方式：以讀者投票（問卷回函）選出優勝作品一部，即日在網站上發表。**
- **各位責任編輯：因時程若干緊湊，還請各位選出能夠參加的作家。**

★優勝作品將加筆修正為長篇小說，在九月以文庫本形式發售。

第一頁上記載著上述內容，翻頁過後有「五格的空欄」在上頭。

上面寫著我也知道的三位新人作家名字。

參賽名額還剩兩個——然後……

「**優勝作品將在九月以文庫本發售**……是這樣嗎……！」

「沒錯。如果能獲勝，就能得到三個月後，也就是九月的出版缺額。當然我們也會給予稿費喔。但這是為了新人作家舉辦的大賽，本來和泉老師是不能參加的——但這部分就用我的權限強硬地通過啦！用我的權限！特別！為了和泉老師喔！」

就連她這擺明要賣恩情給我的說話方式我也都不在意了，因為真的不是注意那些的時候。

「也就是說，只要我參加這個，然後獲得優勝……」

「沒錯，正是如此。這樣子所謂『身為作家的成果』，是不是就可以交出來了呢？」

如果只有稿費而已，要說服姑姑也許還是很困難——

但如果能獲得出版缺額的話，就另當別論了。

「……是的！」

我精神飽滿地回答，並且在參賽名額的空欄上，填上自己的筆名。

好極啦！行得通！只要能夠用這個大賽贏得出版缺額……！今後就能夠繼續跟紗霧一起生

活，也能夠繼續跟情色漫畫老師一起工作了！

神樂坂小姐從我手中接下還給她的文件與原子筆。

「好，我確實收下了。和泉征宗老師完成『輕小說天下第一武鬥會』的參賽登記！請你好好加油喔！」

「非常感謝妳……！有找神樂坂小姐商量真是太好了！」

我用雙手緊握住責任編輯的手說著。

順帶一提，在我身邊的妖精，則用冷淡的眼神看著我們。

「你也高興得太早了吧？不打倒其他四名競爭者，是沒辦法拿到出版缺額的喔。」

「正合我意！原本我就不打算輸在這種地方！」

現在的我應該可以辦到。

「因為這是『我們的夢想』的第一步！」

因為我對自己跟情色漫畫老師一起創作出來的那部作品，有著無人能比的自信。

「我會贏的，絕對！」

「我不會讓你贏的。」

我的思考，被銳利的話語一刀兩斷。

「「——？」」

我、妖精、神樂坂小姐三人，同時轉頭看往聲音的來源。

在那裡——

「和泉征宗。『你的夢想』是無法實現的——不，是不會讓你實現。」

有著一個和服少女用嚴肅的表情瞪著我的身影。

她的五官原本就很端正美麗，所以更充滿特殊的魄力。

「什麼，妳……妳這是——」

「…………」

和服少女不是對發出聲音的我，而是對著想要說些什麼的神樂坂小姐，用右手阻止她說話。

當她這樣讓神樂坂小姐沉默之後，就一口氣從她手上把文件搶走。

「要問為什麼的話……」

她冷洌地把視線落在文件上。

「角逐出版缺額——我也要參賽。」

我現在才察覺到。

這傢伙……這傢伙……不是什麼「立志成為小說家的新人」。

「妳……是誰！」

面對我的疑問。她斜眼往我一瞥之後，就在參賽名額的空欄，用寫上筆名的方式回答。

輕
第一武鬥會
參賽者
No
姓名（可使用筆名）
1 獅童國光
2 長船真子
3 西蓮
4 和泉征宗
5 千壽村征

她以會讓人看到入迷的字跡——

寫上千壽村征。

「你那天真的美夢，會妨礙『我的夢想』。所以，我一定會在這摧毀你！」

「————」

面對如此露骨而來的憤怒，我就連回答也辦不到。

出道以來，一直被我擱置一旁的巨大包袱。

三年前造成我心理創傷的元凶，和泉征宗的天敵——

「千壽……村征……」

「直呼姓名是很沒禮貌的喔，學弟。」

村征板著臉將嘴巴抿成ㄟ字型，接著把這遲來的自我介紹，下了這樣的結尾。

「請稱呼我村征學姊。」

著：山田妖精
01
輕小說作家
能力值一覽表
Pen Name
和泉
征宗
Data
年齡：15歲
血型：A型
擅長類別：校園異能戰鬥
使用機種：Let's note
Skill
Rank：A　超快筆 Lv.7
能夠以高速撰寫小說。
Memo
他是住在我家隔壁的輕小說作家喔。雖然作品都賣得不怎麼樣，但新作相當值得期待！是個靠著妹控威能就可以輕易超越極限的奇怪傢伙。不過因為太喜歡妹妹造成視野狹隘這點倒是個缺點！
能多把眼光放在其他女孩子（例如住在隔壁的美少女！）身上的話，也許會有好事情發生！
BP
220000

著：山田妖精

02 輕小說作家能力值一覽表

Pen Name

山田妖精

Data

年齡：14歲
血型：？
擅長類別：輕奇幻
色色的戀愛喜劇
異世界穿越
使用機種：MacBook

Skill

Rank：B　完成原稿召喚 Lv.1
從魔界召喚出完成的原稿。
．已經超過截稿日期。
．需要時間充填術者的魔力。
等等，有諸多使用上的制約。
Rank：B　神眼 Lv.Max
藉由閱讀或觀察，看透對象的本質。
Rank：B　闇之衣 Lv.1
藉由跨媒體製作所領悟的精神障壁。
能讓網路炎上所造成的精神損傷減少百分之十。
會有點鬧彆扭。

Memo

是將會把輕小說業界從闇黑中拯救出來的超級美少女暢銷作家喔！
雖然不久後的將來會變成最強的存在，但現在大概就是這樣的強度吧！

BP 2200000

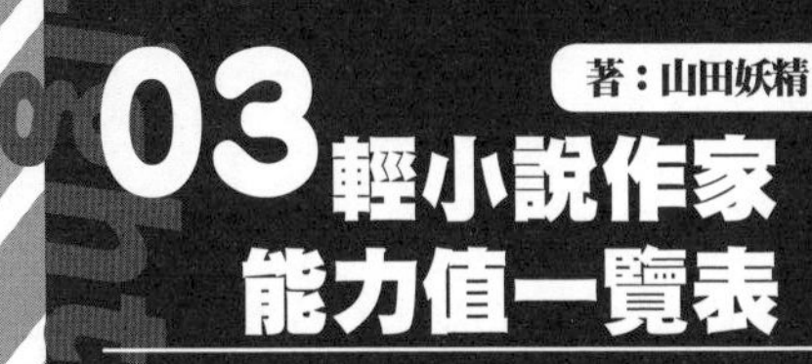

Pen Name

千壽村征

Data

年齡：14歲　血型：O型
擅長類別：校園異能戰鬥
使用機種：小學生用筆記本

Skill

Rank：A　咒縛 Lv.Max
咒縛讀者。
咒縛對方。
咒縛自己。
Rank：A　專心一意 Lv.Max
捨棄一切迷惘。
將生命變換為文章。
Rank：A　闇之衣 Lv.Max
除了光以外的全屬性精神損傷完全無效化。
光屬性的精神損傷倍增。
Rank：A　狂神之瞳 Lv.Max
獲得自己目視過的技能。
從沉浸閱讀的書籍中獲得龐大的Experience。
Rank：A　超快筆 Lv.1
能夠以高速撰寫小說。
Rank：A　奪命擊 Lv.1
??????????
Rank：A　憧憬一途 Lv.Max
?????
??????????
??????????

Memo

和泉征宗的天敵！
本來以為她是個完全不會激動的無聊傢伙！
但是因為征宗的關係變得有趣起來啦！

BP 14500000

情 ero manga sensei 色漫畫老師
第四章

在那之後過了幾個小時。

太陽早已西下，窗外一片漆黑。

我和妖精在和泉家的客廳裡，呈現精疲力盡的狀態。

我整個人癱在沙發上，妖精則是整個人趴在矮桌上。

「…………………………………………………」

「…………………………………………………」

從回家時我們就一直是這副樣子，沒有對話，雙方都有如屍體般的慘狀。

在那之後，發生了這些事情——

在和服少女表明身分的那個時候。

妖精代替被村征的發言震懾而無法動彈的我，快速走向前，像個小混混般開始嗆聲。

「啥？妳幹什麼啊妳，突然插話進來說些摧毀什麼的——完全聽不懂妳在講啥啦。什麼年紀小的學姊啦，給本小姐閃一邊去。」

雖然「年紀小的學姊」這個詞是從哪冒出來的是個謎，但面對這個釋放出詭譎壓力的對手，卻還能毫不畏懼實在很了不起。真值得信賴。

不，不如說是我……因為突然跟因緣匪淺的村征——學姊——相遇的關係，所以害得我驚嚇過頭了也說不定。

不管怎麼說，我無法動彈，而妖精大動作回應。結果就是——

「妳是叫……山田妖精老師是嗎？我才要請妳閃一邊去。」

比起我，村征學姊選擇先跟妖精對峙。

「這是征宗學弟跟我『兩個人的問題』。」

「兩個……！妳、妳說什麼？」

「妳是個銷售了兩百萬本以上，最近也決定要動畫化的超暢銷作家。我應該沒說錯吧？」

這是妖精自己一直在炫耀的事情。她當然不會搞錯。

「沒錯！快崇拜本小姐吧！」

妖精挺起胸膛回答。

「……………………哼嗯。」

村征學姊撫摸下巴沉思，但過沒多久就往後方轉頭過去，對神樂坂小姐說：

「記得妳是我的責任編輯，叫做——」

「是神樂坂喔，村征老師…………妳還是沒有記住我的名字呢……」

神樂坂小姐用像是放棄的語氣回答。村征學姊則是一臉有點不好意思的表情。

「……是。」

「不過我們沒見過幾次面，又很久沒見了，這也是沒辦法的事。以後能記住就好，我會等妳的，所以請先把你們那邊的事情解決掉吧。身為兩位的責任編輯，我也很在意你們說的事。況且就算我出手阻止，妳也不會聽吧。」

「就這麼辦。」

照現在的對話聽來，剛才神樂坂小姐說的「接下來要跟人氣作家開會」，指的應該就是與村征約好的吧。

不過……比起這個……這傢伙……

……記不得自己的責任編輯叫什麼名字？

那她平常是怎麼工作的啊？至少不可能是跟平常人一樣吧。

「在那之前……神樂坂小姐，可以把我書籍的銷售量告訴我嗎？」

「……妳自己，並不清楚嗎？」

「…………………」

看來是被一針見血地說中了，村征學姊變得滿臉通紅。

真、真的不知道嗎？不知道自己書籍的銷量？不清楚自己的收入？這、這不是在挖苦別人？

雖然這位學姊的確是未成年，應該會跟以前的我一樣，版稅或稿費之類的收入，都是交給監護人管理。

但就算這樣……真的可能嗎？真的會有這種事……？

「不知道自己銷售量的作家……這讓本小姐聯想到『某位』不敢上網查自己小說評價的仁兄。不過，感覺這傢伙是更加徹底地不清楚呢。」

妖精小聲說出這種感想。

就連這種地方都是我的高階版本嗎！

雖然根本就無所謂，但還是會刺激到我的劣等感。

「村征老師的累積銷售數量是——」

神樂坂小姐緩慢地回答。

「一千四百五十萬本。」

村征學姊似乎是第一次聽到自己作品的銷售數量。

「……咦…………………一千四百五十本？」

「是萬本。」

「什……麼……」

她看來亂吃驚一把。她愣然地扳著雙手的手指，開始算起數字來。

「怎麼……可能……我每個月的零用錢明明只有四千五百圓而已啊……」

看來跟山田家不同，她的雙親管教得相當嚴格。

我家以前也是這樣，我將工作的收入，全部都交給父母管理了。

「喂，這是在演哪齣啊？還是說這是啥全新的挖苦人的方式？」

妖精那感到不耐煩的聲音，讓村征學姊一下子回過神來。

「對、對喔。那個——山田老師，我重新說一次，請妳閃到一邊去。」

她清咳了一聲。

「『因為我可是賣了一千萬本，所以不管我對你們說什麼都是被允許的。』『銷售量有著超過一百萬以上的差距就是這麼一回事』——這可是妳自己說的喔。」

看來她是想講這句話，才會搞了那麼多前置動作。

從她之後的驚訝程度看來，大概是「雖然覺得銷售量應該會贏過妖精，但自己其實也不太確定」這種感覺吧。

實際上，她可說是以超大的差距勝出。

「……咕嗚……！唔嗚嗚咕嘰咿咿咿……………！」

妖精咬牙切齒地忍耐住。

她一句話也無法反駁，可說是被完美地反擊成功。

「好了，這下礙事的人消失了。讓我們言歸正傳吧，征宗學弟。」

將妖精擊退之後，村征學姊重新面向我。

「————」

而她的眼神。剛才還有點孩子氣的感覺，但在看著我的瞬間已經完全消失了。

這樣剛好，正巧我現在也沒有陪人搞笑的心情。

學姊這麼說：

「看來你很生氣呢，這位學弟。」

「因為學姊把『我們的夢想』批評得一文不值，還說要摧毀是吧。」

「是啊，我的確這麼說過。」

如果這樣還不生氣的話，我就不算男人了。

「給我收回這句話，就算妳是學姊我也不會原諒妳。」

我反過來瞪著對方。結果她的表情突然一變，反而對我露出微笑。

「你說的話還真像你小說裡主角的台詞。你的為人跟我想像的一樣，非常好。那麼，我也來像個反派角色一樣，讓你更加憤怒吧——這次，你提出的企畫之所以會延到一年以後，是因為我刻意奪取了出版缺額的關係。」

「——什麼。」

因為這個人比我還要早交出原稿的關係，因為我想要取得的出版缺額被占去的關係，所以我的企畫的發售日，才會延到明年五月——也就是一年以後。

這就是，現在我會搞得這麼艱辛困苦的原因。

「你的動向，我都經由責任編輯，請她一五一十的告訴我了。要把你提出的企畫，用我的企畫壓下並搶走出版缺額，並非什麼難事。」

村征學姊緩緩對我宣告。

「這是我懷抱著惡意，為了摧毀你的企畫所做的事。」

「等等！村征老師——」

神樂坂小姐雖然想插話進來，但村征學姊只用視線就阻止她——

接著用食指觸碰嘴唇，擺出「給我安靜點」的動作。

「既然說妳是刻意摧毀我的企畫……？這麼說來，難道前年那件事也是……」

「前年？你說的是哪件事？」

「我在前年，因為企畫內容跟學姊有許多重疊的關係，因為學姊總是在跟我相同的時間點上撰寫內容相似的新作小說的關係……結果讓我不停被退稿，就連一本小說也沒辦法出版。難道說——那也是故意的嗎？」

「————————」

村征學姊睜大雙眼。

好像完全沒想到我會說出這種台詞一樣。

我們之間充滿了一觸即發的氣氛。

…………

經過頗長一段時間之後……她深吸了一口氣。

「如果我說是的話呢？」

「那我會變得非常討厭學姊。」

「…………」

村征學姊把臉從我的視線中移開。也因為如此，讓我無法得知她的表情。

「……順帶一提，今天，這個時間點，你會來到這裡這件事我也很清楚。開會討論只是順便而已，我是為了見你，才會來到此地。」

要摧毀我的夢想。就為了宣告這件事，才第一次來到編輯部。

完全搞不懂。

「為什麼要仇視我到這種地步？」

絕對不會激動；不會生氣；對俗世的一切毫無興趣；有如仙人般的傢伙——她不是應該是這樣的人嗎？跟聽說的完全不一樣嘛。

面對我的質問，村征學姊再次瞪向我回答：

「因為我討厭你。和泉征宗——我最討厭懷抱著無聊夢想的你了。妨礙『我的夢想』，寫出無聊小說的你，我最討厭了。」

所以要摧毀。

村征學姊，再次清楚地說出她的「目的」。

……啊啊，是喔。這樣啊——是這樣子啊。

因為過去那些痛苦回憶的關係，雖然有點太遲了……但我也很清楚了。

這傢伙是「我的敵人」。就連互相競爭的勁敵都稱不上，是只能互相摧毀對方的敵人。

「……無論對方下什麼命令都要服從，這賭注妳覺得如何？」

我眯起眼睛說著。

「就讓在『輕小說天下第一武鬥會』勝出的那一方，可以對輸家下達任何命令吧。」

「征、征宗你等一下……」

身旁的妖精擔心地抓住我的手，但我無視她繼續說：

「不這麼做的話是分不出勝負的。話先說在前頭，我可不會因為輸個一兩次就放棄夢想。不管被打倒多少次，我都一定會把夢想實現給妳看。」

反過來說，村征也一樣，就算真的輸給我一次，也不會就這樣放棄她的目的吧。

「那就來個一次定勝負吧。如果我贏了的話，就再也不會讓妳妨礙『我們的夢想』。如果我輸了的話……那就隨妳處置。」

「這真是求之不得的條件……不過真的可以嗎？」

村征驚訝地反問我。

「咦，真的假的？這絕對是我會贏啊，定下這種約定真的可以嗎？」——

她理所當然地是這麼想的吧。

畢竟用山田妖精大師的說法來形容的話。

就是戰鬥力一千四百五十萬跟戰鬥力二十二萬的差距。

不管怎麼想你都沒有勝算——她一定是這麼想的吧。

這樣正好。我從剛才開始就一直是怒火中燒的狀態——

「那是當然的！我們的夢想——一點也不無聊！也絕對不會輸給妳這種人！」

我大聲說著。

「一決勝負吧，村征！就用我們的夢想，來讓妳說出『超級有趣』這句話來！」

——總之就是發生了這些事情。

接著我們兩人，就這麼沉默不語地搭上電車回到和泉家，也沒去向情色漫畫老師報告，就這樣兩人一起癱在客廳裡頭。

「…………征宗，抱歉喔。都是本小姐的錯，才害你定下那種奇怪的約定。」

一直趴在矮桌上的妖精，相隔好幾小時後，發出有氣無力的聲音。

「？為什麼會變成是妳的錯？」

「因為……都是惹人憐愛的本小姐被村征欺負……你一氣之下，才會那樣有勇無謀地去對嗆不是嗎？老實說……也許會有更好的方法可以解決那個情況才對……」

「啊？什麼啊？當然不是因為那樣啦。」

啪！妖精猛力地抬起頭來。

「咦！不是嗎？」

「當然不是，妳在說什麼啊。」

「那、那麼！你怎麼會……」

「怎麼會那麼沮喪是嗎？……該怎麼說呢，我實在不太會解釋。」

我就這麼坐在沙發上用手壓著頭。

「向那傢伙下戰帖這件事，我一點都不後悔。妳說得沒錯，可能會有更好的方法可以解決那個情況也說不定，這我也很清楚。但就算穿越時空讓我重新回到那時候再來一次，我想我一定還是會做出相同的行為。」

因為那傢伙瞧不起我們的夢想，說那是「無聊的東西」。

明明沒有看過，就這麼先入為主地下結論。

我絕對不會原諒她。

不過…………

「雖然一點也不後悔，但卻感到很抱歉。」

「？什麼意思？」

「我把『我們的夢想』——擅自當成賭注。而且還自己一個人感到痛快，既不後悔也沒有反省……對於跟我一起製作企畫書的情色漫畫老師……對於信賴我送我出門的妹妹，我感到很抱歉。」

這就是，我會那麼沮喪的理由。

「要跟妹妹說些什麼才好——我完全沒有頭緒。」

所以才會回到家卻沒有走上二樓，就這麼癱在客廳裡。

但是……

「什麼啊，你是白痴嗎？害本小姐白誤會一場。」

妖精很乾脆地說著，然後站起身來。

她剛才明明還那麼有氣無力的，現在已經完全沒有那種感覺了。

「你啊，老是說著喜歡妹妹，可是卻完全不了解自己的妹妹呢——」

「咦？」

當我想問她這句話什麼意思時，妖精抓住我的手往上拉，讓我整個人站起來。

此時——

咚咚咚。

呼叫我的踩地板聲響起。

妖精抬頭仰望天花板，然後用力拍打我的背。

「你看，在叫你啦。慢走啊。」

被趕出客廳的我，走上樓梯，來到「不敞開的房間」門口。

「……紗霧，我來囉。」

試著輕輕敲門……也沒有反應。

「……奇怪？」

紗霧確實有叫我啊……

試著稍微等一下，「不敞開的房間」的房門也絲毫沒有動靜。彷彿就像回到跟情色漫畫老師相遇之前一樣。

「紗、紗霧？」

我不抱持期待的試著轉了一下門把——這才發現門並沒有上鎖。

我在躊躇的同時還是把門打開。房間裡略顯昏暗，沒有人的氣息。

「我進來囉……」

我因為有點擔心而走了幾步踏進去，接著環視房間裡頭。

結果——

「……啊。」

床上的棉被，正圓滾滾地鼓起。

「紗、紗霧？……妳、妳正在睡覺嗎？」

「……哼。」

「哇啊。」

鼓起來的棉被山裡頭——不對，從擺在電腦桌上的喇叭，發出了非常不高興的聲音。看來她是掛著耳麥，就直接鑽進棉被裡面了。

「原來妳醒著嘛，到底怎麼了？」

「哼，人家才不想理花心的哥哥。」

「咦咦……？」

這、這是什麼意思？為什麼紗霧的心情突然變得這麼惡劣。

今天從出門之後，我們都還沒有說過半句話啊。

「約會愉快嗎？」

「啥？」

「…………………約會愉快嗎？我在問你這個。」

「那是什麼？」

「……反、反正……跟沒辦法出門的女孩子比起來，可以一起在外頭快樂地遊玩、一起吃蛋糕的女孩子，一定比較討人喜愛嘛……」

「那個……難道妳是說妖精寫在推特上的那件事嗎？」

——跟和泉征宗老師約會中NOW♡

「…………………」

看來是說中了。

「不是啦，那個想也知道是妖精在開玩笑吧。我不是也說過要跟那傢伙一起去編輯部嗎？雖然說她是真的有請我吃蛋糕啦，但那也不算是約會吧。」

「…………哼。」

「這是真的啦！相信我嘛！」

為什麼我要對著妹妹，弄得好像是外遇之後在找藉口啊。

「可是你把小妖精帶進客廳了吧，那是什麼意思？」

「等等，真虧妳連一步都沒走出房間還能知道啊！」

「哼，這點小事，靠氣息就能知道了。」

好強，這就是家裡蹲奧義其之二吧。

「所以……為什麼會在客廳跟小妖精打情罵俏的？」

「就跟妳說沒有了嘛！」

我不斷拚死地主張「自己沒有跟妖精約會」也「沒有在打情罵俏」，最後紗霧保持著窩在棉被裡的狀態，低聲這麼說著：

「…………哥哥你這輩子都不准跟女孩子約會，知道了嗎？」

……沒想到冒出了這麼驚人的命令來。

「竟、竟然說要一輩子啊。」

「對……一輩子。因為……」

「因為？因為什麼？」

「沒、沒什麼啦！為什麼回來以後不馬上過來呢？結果工作最後怎麼樣了？人家一直很在意耶！」

「那是因為——」

我老實說出來。

「我覺得很對不起妳……」

「咦……？」

棉被稍微掀起了一角，紗霧也從裡頭微微地露臉出來。

「發生什麼事了……？」

我在床鋪前蹲下，跟紗霧對上視線……深呼吸之後，開始說起：

「其實是——」

幾分鐘後——

「——大致上，就是這樣子了。」

「……………………」

紗霧離開了被窩，乖乖地聽我說明。她身穿著粉紅色的睡衣，在我面前的地板上坐下。表情毫無變化，完全看不出來……她在想些什麼。

「……抱歉。我擅自把我們的夢想——給賭上了。」

「？為什麼要道歉呢？」

紗霧有點訝異地歪著頭。

「咦……？呃，因為這不應該是由我擅自決定。更何況，應該有更安全的方式可以解決那個情況也說不定……」

「其他方式？就那麼讓她去放話？放任那種人嘲笑我們的夢想，你真的覺得無所謂嗎？」

「當然不行。」

「那這樣，不就沒問題了嗎？」

我立刻回答。因為只有這件事沒得商量。

紗霧——不，情色漫畫老師露出天真無邪的笑容說：

「沒有什麼好過意不去的吧。怎麼可以開打前就想著萬一輸了要怎麼辦咧，那傢伙嘲笑我們的夢想——那麼她就是我們兩人的敵人，我們一起幹掉她吧。」

「情色漫畫老師……」

……我真的跟白痴沒兩樣。

這不就完全被妖精說中了嗎？

「情色漫畫老師，妳說得沒錯。只要我們兩人協力，一千萬本根本不是對手。我就是這麼想——所以才會去對她嗆聲，根本就沒什麼好煩惱的。」

紗霧雖然是我的妹妹，但情色漫畫老師就像是我的大哥一樣。

我明明知道「他」的真實身分是個這麼纖細的女孩子，但她這令人信賴的大哥形象，卻比以前更加強烈。

「那就讓我們兩人一起幹掉她吧。」

「嗯……………嘻嘻。」

紗霧很滿足似地點點頭——也看似很高興地滿臉笑容。

她突然驚覺……

「人、人家不認識叫那種名字的人……」

她雙手緊緊壓住地板，把頭低了下去。

看到紗霧這個樣子……讓我不禁心跳加速，心臟也好像要爆炸一樣。

絕對非贏不可，絕對要保護她才行，我的鬥志噴湧而出。

因為有紗霧在我身邊；因為有情色漫畫老師站在我這邊，所以我才能奮鬥下去。

就是因為這樣——

「我說……紗霧。」

「什、什麼？」

「……我可以摸摸妳的頭嗎？」

——我才會把這種台詞說出口。

紗霧帶著慌張的語氣反問我。

「咦……為、為什麼……？」

「因為可以強烈地激發我的鬥志。」

紗霧的臉一下子變得通紅。

「……哥哥……你這樣……太狡猾了……」

「不行嗎？」

「…………………」

紗霧看起來似乎在內心掙扎了很久，最後……

她沒看著我的眼睛，小聲地說著：

「……只摸一下下，的話……」

「那就只摸一下下。」

我伸出單手放到妹妹的銀色頭髮上，然後緩緩地……撫摸。

「……啊……嗚……」

紗霧被撫摸時的臉，就像感冒時一樣，慢慢地變得火紅——因為這情況，連我的臉也開始發熱起來。

「不、不要那麼害羞嘛。」

「因、因為……」

紗霧用似乎在生氣的表情看著我，但結果還是什麼都沒說就把頭低下。

「…………」

「……………………………………」

………………

沉默無言的時間持續流過，身體裡也有如燃燒般熾熱。

「……嗚……啊……嗚……」

紗霧的身體非常僵硬，然後就這樣讓我不停地撫摸——

她白皙的肌膚變得滾燙，害羞到連耳根子都整個燙紅了。

「唔。」

為、為什麼她會……唔……一副好像是胸部被撫摸的表情啊！

我只不過，是摸摸她的頭而已呀！絕對不是在幹些什麼不可告人的行為！

她再這樣展現出好像正被色狼襲擊的反應的話……！

那個……可惡！……總覺得，心情上好像就變成真的是在搞些不可告人的事情一樣……

呃，雖然我也很清楚，其實只要把手放開就好了……

但我的手掌還是好像被吸住似的，繼續撫摸著妹妹的頭。

「……嗚嗚。」

我以前都不知道，原來「摸摸頭」是這麼煽情的行為……

正當我感到一陣暈眩的時候。

「……哥、哥哥……那個——」

紗霧用半帶哭泣的聲音想要說些什麼……

「太慢————啦！」

侵入者的喊叫聲，把這些完全抵消掉了。

「！～～～～～～～～～～～～～！」

紗霧連聲音的主人是誰都來不及確認，就整個人彈跳起來，再度鑽進棉被裡頭。

我看了還殘留著妹妹的觸感的手掌一眼，接著轉頭面向侵入者——也就是妖精。

「……妳這個人，還真是每次每次都在絕妙的時機登場耶。」

再那樣繼續下去的話，總覺得搞不好會演變成無法挽回的情況，所以妖精像這樣闖進來也許反而是件好事。

妖精充滿活力地雙手交叉在胸前，彷彿剛才的沮喪都是騙人的一樣。

「征宗！你這人啊！到底打算讓本小姐等上多少年！跟情色漫畫老師的報告結束了沒？」

「……啊啊，結束啦。嘲笑我們夢想的那個傢伙，要由我們兩人一起打敗她——這就是我們的結論。」

「是三個人喔。」

「咦？」

唰！妖精伸出大拇指來指著自己的臉。

「你們兄妹討伐怪物的任務——就讓本小姐山田妖精，也來助你們一臂之力吧！」

她露出了充滿自信的笑容。

妖精說著「來開作戰會議吧！」，然後就這麼堂堂正正地走進「不敞開的房間」。

因為這樣，紗霧依然無法從被窩裡出來。她把被窩微微掀起一角，稍稍地露出一點點臉龐來。

紗霧自己很不喜歡這樣，我也不想讓外人走進妹妹的房間——不過……

對妖精這個人，我覺得就連對她發脾氣也是件蠢事了。

「……紗霧，要把這傢伙趕出房間嗎？」

「……沒關係。這樣子……也比較好討論……只有這次，特別允許。」

從喇叭傳來回答的聲音。

……既然如此，就照妖精的提案，在這裡舉行作戰會議吧。

我們面對面坐下來。

「首先來把狀況整理一下吧。」

妖精從自己的包包裡，拿出平板電腦。

「你們兩位先看看這個。」

「這是啥？」

「這是我們的『能力值一覽表』！」

妖精給我們看的，呃，該怎麼形容才好……

就像是《記錄的地平線》或《在地下城尋求邂逅是否搞錯了什麼》這類輕小說上刊載的，所謂的「角色能力值一覽表」這種東西。

這是妖精自己手寫的吧，平板的畫面上顯示出來的東西，不管插畫或是文字敘述部分都是用鉛筆寫成的，真要說的話還比較像是國中男生所製作的「黑歷史筆記本」。

和泉征宗、山田妖精、千壽村征——三位小說家的能力值與技能都被紀錄在上頭。

「技能名稱有夠像抄襲的……」

「你有說什麼嗎？」

「不，沒事。妳還挺會畫畫的嘛。」

「要在職業的插畫家面前展示出來，還是讓本小姐很不好意思就是了。相同的東西也會現在用郵件寄給情色漫畫老師——好啦，如大家所見，這個『能力值一覽表』上頭所表示的數值，是用本小姐的『神眼』看穿的情報所完成的東西。敵我之間的戰力差這樣就很一目了然對吧？」

「……………………嗯，算是吧。」

看了這張表，我們三個人之中，只有村征的能力值異常突出。

像是有著一大堆A級技能這部分，還真像是網路小說常有的作弊主角一樣。

順帶一提，如果村征是拉帝茲的話，妖精的戰鬥力就跟當時的克林差不多，而我只有四位拿著槍的地球人大叔左右而已。

果然銷售量等於戰鬥力這種形容方式，在很多層面上真的很糟糕。

只會讓人喪失鬥志而已。

還有雖然只是推測而已……但這個能力值一覽表，妖精應該是非常認真製作出來的。

從這傢伙的性格來看，如果是開玩笑地製作，她就會把自己的能力值設成最高，而且還擺上一堆作弊技能才對。

確實承認對手的實力——是為了獲勝。

既然是這樣的妖精所說的，那就有值得一聽的價值。

「那麼……這表示怎麼樣？妳想說戰況對我不利嗎？」

「對啊，用來決勝負的舞台『輕小說天下第一武鬥會』那玩意兒，是用讀者投票來決定輸贏的吧。這樣子，有名的人氣作家就會壓倒性地有利。千壽村征的支持者人數，是偉大的本小姐山田妖精的六倍以上，對這些支持者來說，除非發生超乎預料之外的事情，否則一定會把票投給最喜歡的村征老師寫的小說吧。」

「是啊。」

這也沒有辦法，雖說是小說競技——但要完全對等地一決勝負是不可能的。

賣得好的人，不管怎麼說就是比較有利。真是叫人羨慕。

「因此，如果你想要贏過那個女人——就非得要寫出超有趣的小說，把村征的支持者搶過來才行。必須讓那些想要看千壽村征的小說而跑去買雜誌的讀者們，覺得和泉征宗的小說更加有趣才可以。」

「的確……是這樣沒錯。」

雖然還有其他的參賽作家，但村征的支持者毫無疑問是最多的。

「這可真是一大難關。」

和泉征宗的高階版本——被這麼稱呼的那個傢伙，我得以壓倒性的勝利贏過她才行。就好像在敵人的客場戰鬥一樣。如果不是ＫＯ勝利，就會自動在判定時輸掉。

「好樣的——我就贏給妳看。」

「真是不錯的決心。」

妖精高興地點點頭。

紗霧則蓋著棉被，透過喇叭說話：

「……話說回來，為什麼那個叫村征的人，會這麼敵視哥哥啊？」

這點我也一直很在意。

「誰知道呢……我完全沒有印象。我跟那傢伙今天應該是第一次見面才對。」

「真的嗎？該不會是你忘記了而已吧？總覺得怎麼看都不像是第一次見面。」

妖精這麼說著。而我則搖搖頭。

「不，絕對是第一次見面。」

因為她外表算是我滿喜歡的類型。如果之前有見過面的話，絕對不會忘記。

「哼嗯——算了，隨便啦。」

妖精她露出滿臉超級開心的笑容。

「咕呵呵……這下子可有趣了。事情變得超級好玩啦，本來以為跟那傢伙的對決絕對沒辦法成立所以早就放棄了。呵呵呵……但那傢伙，竟然會發那麼大的脾氣！竟然會真的動怒了！如果輸了的話，她想必也會非常悔恨呢！一定會打從心底悔恨吧！光是想像！本小姐就已經快受不了！口水都流出來啦！吸嚕！」

村征跟妖精哪邊的個性比較差勁呢？這應該可以來場精彩的對決吧。

啪啪！妖精用力拍著我的背部。

「就靠你啦！本小姐的王子大人！幫公主報個一箭之仇吧！」

「妳會提出協助，原來是因為這種理由啊。」

……算了，反正我會贏。

咚咚咚！紗霧維持蓋著棉被的型態，焦躁地用腳踩踏地板。

「——所以呢，我是打算盡快開始執筆『輕小說天下第一武鬥會』用的短篇。」

在「不敞開的房間」裡，狀況整理結束後，我看著妖精這麼說：

「妳說要協助我們，實際上打算要怎麼做呢？」

這是很理所當然的疑問。再怎麼樣小說執筆是個人工作，不可能「一起撰寫」。雖然要說的話也有「複數人共同撰寫小說」這種風格的作家存在，但那應該是例外吧。

「回答你這個疑問之前，讓本小姐先問你。你打算怎麼打倒那個村征呢？有什麼策略之類的嗎？」

「沒有啊。就普通地寫，然後普通地獲勝。」

啪咚啪咚啪咚啪！仍然蓋著棉被的紗霧發出「就是這樣！」的踩地板聲響。

「如果不能做到這一點，說到底，也就不可能達成夢想了。」

「——————」

妖精不知為何睜大眼睛看著我。然後就把頭轉向另一邊。

「是、是喔。『普通地寫，然後普通地獲勝』——嗎……這、這樣很好不是嗎？本小姐喜歡這種回答。」

「具體來說，就是把已經寫好的妹妹系長篇小說配合『輕小說天下第一武鬥會』的規格，然後『改寫為短篇』這樣。」

用六十頁左右的篇幅解決掉，改編為單回完結型版本。

「啊啊……也就是打倒本小姐的情書小說的改編版吧。」

「不、不要用那種稱呼方式好不好。」

這會讓我回想起那個史上最強的羞恥記憶。

「不過，那篇小說的確是有勝算，大概吧。再說，你也只有那個而已了吧。還有啊，你提出的企畫書跟改編版的原稿，本小姐也都還沒有看過呢。」

咚咚咚。

「——情色漫畫老師說『現在就把企畫書寄給妳』。」

「……這根本就是心電感應了吧。之後本小姐再來仔細讀過，然後——本小姐要怎麼協助你們——是要說這個對吧。」

妖精指著自己能力值一覽表的技能欄說：

「本小姐來幫忙你進行修練，用本小姐的『神眼』。」

「修練？」

「沒錯，是『為了寫出有趣的短篇小說的修練』喔。自從認識你之後，本小姐就把你的作品全都讀過一遍了，但你寫的短篇小說跟長篇比起來，不管哪個都有夠無聊。」

「唔……………」

「本小姐就老實說了，那種慘況不要說是村征，就連其他新人作家都贏不了吧。」

「唔咕咕…………」

面對無話可說的我，妖精用手指著我，說出關鍵性的一句話：

「說真的，你不擅長寫短篇小說對吧。」

「就是這樣沒錯啦！真對不起喔！」

從開始寫小說開始，我到現在還是超不擅長寫短篇。

「在我把小說寫完之前，整個故事到底會變得多長就連我自己也不知道啊。所以要我用寫一篇短篇小說的認知去寫短篇小說，這我實在辦不到嘛。」

「……那這樣，你平常都是怎麼完成短篇小說的工作啊？」

妖精瞇起眼睛問道。我也老實地這麼回答：

「不停的寫到偶然生出一篇短篇小說為止。」

「真謝謝你這超白痴的回答。就是半調子的靠著快筆技能，然後用這種方式來完成工作，所以才會不管過多久都沒辦法進步——所以啦，你快來修練吧。」

妖精雙手交叉在胸前說著。

「不管漫畫也好，動畫也好，輕小說也好——在跟強敵對決之前，都會有修練劇情對吧？」

「『為了寫出有趣的短篇小說的修練』——意思是，這就是妳要幫我做的事嗎？」

「沒錯，今後請稱呼本小姐為『妖精老師』吧。」

「話雖那麼說，但妖精老師啊。這可不是漫畫而是現實中的事情耶。而且不是戰鬥，是小說的修練喔。類似『精神時光屋』或『地獄昇柱』之類的，這種有夠方便又能在短時間提昇能力的修練怎麼可能會——」

「就說有嘛。」

「啥？」

妖精老師露出俏皮的笑容，雙手結了個「多重影分身」的十字手印。

「用漫畫來比喻的話，就跟《火●忍者》的修練方式很接近喔。那部漫畫裡，雖然是利用維持多重影分身的狀態來進行修練，使整體效率提昇——你也可以辦得到類似的事情對吧。」

「哪可能啊！我又不是忍者！」

「只要用常人的兩倍速度執筆，不就跟分身沒兩樣了嗎？」

「————什。」

居、居然來這招！

不……但是，這個理論很奇怪啊！

「難、難道說……妳是要…………」

「你猜的沒錯。記得你一天最多的確可以寫個兩百頁左右吧？那麼，六十頁左右的短篇，你一天就寫個兩篇——不，十篇出來吧。每寫完一篇就拿給本小姐閱讀，然後本小姐再給予你有如神助般的建議。」

啪啪！妖精又用熟練無比的指法結了「火遁．豪火滅卻」的手印。

「這招就取名為『妖精式 短篇小說修練法』！這麼一來就能輕鬆贏過村征之流的啦！」

「取了那麼誇大的名稱，結果不就是超普通的練習方式嗎！」

因為所謂的「妖精式 短篇小說修練法」就是——

①拚命寫出短篇小說。

②每當寫完一篇，就交給眼光獨到的人閱讀。

③聽從對方的建議，重新書寫。

——簡單說，就是這麼一回事吧？單純就是「計畫、實行、反省」的重複訓練而已。

「為了寫出有趣的短篇小說，所以就用撰寫短篇小說來練習不就是最快的方法了嗎？——超普通？呵呵，那不是很好嗎？」

「面對超強勁敵，卻普通地寫，然後普通地獲勝，這是世界最帥氣的贏法喔。」

「你想要達成遠大的夢想不是嗎？如果是本小姐的王子，就達成給本小姐看吧！」

咚！妖精對著我的胸膛，用拳頭直直地敲過來。

「…………」

真的就如她所說的一樣。完全沒有任何訂正的餘地。

不對，其實是有。

「一天要寫出十篇實在是不可能啦。兩百除以六十是不會變成十的喔。」

「這、這這這、這本小姐知道啦！只是叫你要有這種程度的氣勢而已！本、本小姐才不是連加減乘除都不會咧！」

謝啦，妖精老師。

決定好具體方針之後，感覺就更「幹勁十足」了。

我沒有說出口，只在心中對這位可愛的競爭對手道謝。

接下來——

我開始過著進行「妖精式 短篇小說修練法」的每一天。

「喂！你這個笨蛋！這樣子不就超過一百頁了嗎！就跟你說是要寫短篇吧！」

「聽好了，征宗。這次是用刊載在雜誌上的短篇決勝負喔！跟文庫本不同，讀者要求的標準會變得非常嚴苛！」

「會為了閱讀你的小說去買雜誌的人，必定是少之又少，所以只要你一不注意，讀者們馬上就會翻頁跳過去了！」

「這劇情架構也太爛了吧！給本小姐從超有趣的場景開始寫起好不好！但也不能只寫有趣的

場景！因為你只有六十頁可以用而已！要好好珍惜點用啊！」

「不要以為加上些奇怪的語尾詞，就算是幫女主角創造個性啦！你可不要太小看戀愛喜劇小說了！」

「跟、你、說、過、幾、次、了，女主角太早開始嬌羞了啦！告白這種東西，是只能使用一次的王牌，要放必殺技就給本小姐等到劇情高潮的時候再放！」

「這、這這這、這個女主角！怎、怎麼跟本小姐這麼相像？而、而且看起來還是個負責賣肉服務讀者的角色？怎、怎怎、怎麼回事啊！哈！你這人果然是想對本小姐……！」

就這樣——

在被妖精老師不斷痛罵的同時，我只能不停地撰寫著短篇小說。

一天兩篇，有時候是三篇……我持續不斷地完成六十頁的小說。

請值得信賴的競爭對手閱讀，在激烈爭吵的同時，也不停地對內容進行討論。

我們就是全心全意地重複這些動作。不停重複、不斷重複、持續重複……

「很好，這樣子已經改善很多了。以單篇完結小說來講算是及格啦。」

「不過，你當然會奮力掙扎到最後一刻才對吧？也一定會想把稿子修改到快要接近截稿時間為止吧？就算只有百分之一也好，得多增加點勝率才行——因為你跟本小姐不一樣，只是個凡人而已嘛。」

截稿日是月底，在那之前不知道還可以再重寫幾次呢。

時間所剩不多了。

就在某一天。

平日的傍晚。我跟妖精在和泉家的客廳，為最後的結尾作業進行討論。現在，這篇「輕小說天下第一武鬥會」用的短篇小說，幾乎算是完成了……但卻陷入缺少「畫龍點睛」的狀態。也就是說——

「作品名……該怎麼辦才好。」

正是如此。這對各式各樣的作品來講，說是最重要的部分也不為過。

而我卻還沒有決定好作品名稱。

「到這種時候居然還沒有決定好作品名……虧你都做出企畫書了。」

順便提一下，交出去給編輯部的那個企畫書，暫時是掛上了「妹小說（暫稱）」這種暫時性的作品名。

「我啊。從以前開始都是在最後的最後，才決定好小說書名的。等到作品幾乎完成之後——再反覆地煩惱再煩惱，煩惱個不停以後才決定。」

畢竟，這就像是決定自己孩子名字一樣，可不能隨便亂取。

「本小姐都是一開始就先決定好了。或者該說，首先就是要先決定書名，全部就從這裡開始。想要讓它成為什麼樣的孩子——如果不先決定好的話，是沒辦法動筆寫起的。」

這傢伙以後有小孩的話，絕對是個熱中於教育的媽媽吧。

「無論如何，今天終於要來決定作品名了。」

「沒有異議。如果有什麼方案就說來聽聽。本小姐會聽來參考的。」

「就是沒有那種東西啊。」

妖精滑了一跤。

「就算說要決定作品名，但『靈光一閃』不降臨的話，我也無計可施。」

「你還真是老說這種話。不過，本小姐也不是不懂啦。」

這種時候，有個好講話的同行在真是幫了大忙。

面對編輯的話，沒有靈光一閃所以沒辦法工作這種事，實在說不出口。

「所以啦，為了誘發我的『靈光一閃』，如果大家能幫我出些點子真的是幫了大忙。」

「本小姐是無所謂——情色漫畫老師妳呢？」

妖精朝擺在矮桌上的筆電說著。

透過Skype，情色漫畫老師用透過變聲器轉換的聲音回答：

「ＯＫ啊。還有我不認識叫那種名字的人。」

我的「修練」主要都是在我家的客廳進行，在紗霧強烈的要求下，形成這種與「不敞開的房間」以通訊聯繫的狀態。

她還說出「得要好好監視哥哥跟小妖精有沒有做出些色色的事情才行。」這樣的話，因為實在太不被信任，讓哥哥我感到很難過。

我跟隔壁的大師真的不是那種關係——不知道我得說明多少次她才能理解。

——正當我們在商量這件事情時。

叮咚，電鈴聲響起。

「喔，抱歉。我去開門。」

我走出客廳，前往玄關。

……是惠把書拿來還嗎？不對，那傢伙會不停地連按電鈴，所以應該不是吧。不過我也不記得有買網路購物啊……會是誰咧？

這時我的想法太天真了，完全疏忽大意了。

「來～～了♪請問是哪位——」

我帶著笑容開門，而在門前……

「——什麼？」

此時的事情發展，就是令我驚愕到會突然放聲大喊的程度。

只要聽我一說，不管是誰都可以理解。因為我所目擊到的——

「征宗學弟，我來對你進行勸降了。」

是我的敵人，千壽村征學姊穿著水手服的樣子。

十秒鐘過去——

「…………………………」

我依然維持打開玄關大門的姿勢僵硬著。因為眼前的景象實在有太多需要吐嘈的地方了，讓我的腦袋完全來不及處理。

雖然處於混亂中，但我還是勉強這樣問她：

「妳、妳妳妳……妳這是……為什麼……」

「嗯？啊啊，這身打扮？」

村征學姊拉了拉水手服的胸口部分。

「因為你家距離我家還挺遠的。所以今天就直接從學校過來。我也算是個學生，所以偶爾還是得去一下學校才行。」

看來她似乎跟妖精還有紗霧不同，的確是個兼職作家的樣子——

「不是啦！我是說……！」

「直接講明白的話，今天我來這裡的目的，是希望你能對我的印象稍微有些好轉。當初雖然沒有這種預定，但不管怎麼說，我都在初次見面時惹得你太過生氣了。」

今天來這裡的目的？我對她的印象？

可惡，完全不行！她居然在我腦袋來不及整理的情況下，自顧自地不停講下去……！

雖然從一開始就是這樣了，但這傢伙在想什麼，還真的完全無法猜測。

雖然在編輯部現出「原形」的時候，還有對我投以有如烈火般的眼神的那個時候，多少還能感受到她當時的感情。

「責任編輯跟我說，男孩子這種生物似乎大多喜歡女孩子穿制服的樣子。你想想，輕小說的封面也常看到穿著制服的女孩子不是嗎？不過，這類封面的書，從來沒有任何一本的內容稱得上有趣的。」

她雖然有一瞬間眼露兇光，但立刻又露出些許的微笑。

「——大概就是這樣。像我這種人穿制服的樣子，雖然有沒有效果還是個疑問……但如果能稍微引起你的注意，我就很高興了。」

她在想些什麼，我完全搞不懂。這人也太難以理解了吧。

她是要來惡搞我的嗎？我刻意在話語裡夾雜一些怒氣。

「我沒在問妳服裝的事。我要問的是，為什麼妳會在這裡。」

「住址的話，是從責任編輯那裡聽來的。」

那個傢伙，竟然隨便把我的個人情資告訴別人。

「然後我的目的——就跟剛才所說的一樣。」

「勸降」。

是想要把我辯倒，在不戰之下就承認敗北……這樣嗎？

「不用那麼警戒。我想這對你來說不是什麼壞事。」

「……？」

我訝異地皺起眉頭。接著村征帶著微笑伸出手。

「征宗學弟。你就成為我的東西吧。」

她說出了非常驚人的話來。

「……咦？啥啊啊啊？」

我仰天長嘯。這時我想必是滿臉通紅吧。

「成為我的東西……！妳、妳這人，在說什麼！」

「？」

村征有點訝異地眨眨眼——接著臉龐一下子染上害羞的色彩。

「你、你想歪到哪裡去了！」

「是人都會想歪啊！難道不是嗎！」

「不是！剛才我說的是成為『我的專屬小說家』這意思！」

「我還以為是『成為我的情夫』這意思咧。」

「不要說出口好嗎！」

發現村征的弱點了。她對情色話題挺沒抵抗力的──那超然的態度只要開個黃腔就會整個崩潰。

雖然這個情報對小說勝負完全沒幫助就是了。

「不管妳怎麼說我都聽不懂妳在講啥。『我的專屬小說家』？這什麼鬼？」

「就是字面上的意思，為我撰寫小說吧！相對的，我會支付你非常充足的報酬！」

「……………………」

「你覺得，如何？」

她這裝可愛地側著頭的樣子，反而讓我火大。

不管外觀或是動作，都是符合年齡的可愛模樣，如果這個人跟我不是敵對關係的話，說不定我會因此臉紅心跳。

但是，我們是敵人。

對我來說，跟上個月交戰過的妖精比起來──她是更加充滿恩怨情仇的宿敵。

說什麼也不可能因此臉紅心跳。

再說跟我比起來，這個人是遠比我強大許多的小說家。

居然跑來說成為「我的專屬小說家」……怎麼想都只是要惡整我而已。

「不管怎麼說。為什麼妳會講出這種意義不明的提案，我實在想不出理由。怎麼想都只覺得是個陷阱。妳那個時候不是說過嗎？」

「因為我討厭你。和泉征宗──我最討厭懷抱著無聊夢想的你了。妨礙『我的夢想』，寫出無聊小說的你，我最討厭了。」

「──那句話跟現在的提案，到底有哪一點可以連接起來？」

面對我的質問，村征發出「咦？」的一聲後，驚訝地瞪大眼睛。

「那是──」

「St──op！」

正當她想開口回答時，有人來妨礙了。

妖精發出粗重的腳步聲，從家裡頭往玄關走來。她把折疊成平板型態的筆電（內含情色漫畫老師）夾在腋下。

妖精站到我身旁，對吃驚的村征用不知為何充滿優越感的語氣說：

「征宗，本小姐不會害你的——所以『這件事』你就不要多問了。」

「妖精……這、這是什麼意思？」

「意思就是這個女人的意圖，你還是不要搞懂會比較好。搞懂後萬一弄不好，可是會被詛咒的。」

這傢伙也一樣，老用些讓人有聽沒有懂的說話方式講解。

「拜託妳講得更簡單易懂點。」

反正我從三年前開始，就跟中了村征的詛咒沒什麼兩樣——

「因為你是個白痴爛好人啊，如果知道了敵人的內情，勝率就會下降了。」

……妳也擔心過頭了吧。就算我人再好，也不會在這種情況下還對敵人產生感情。

但是……我還是老實地點點頭。

「我知道了……就聽妖精老師的吧。敵人的內情什麼的，管他去死。」

「這就對啦。」

妖精滿足地點點頭，然後朝村征抬高下巴。

「——就是這樣。話都說完了就快點回家去吧。」

被這麼說的村征，露出不滿的表情。雖然這應該是很正常的反應……但卻不像是態度超然的她所該有的反應。村征就這樣以不像她的反應回嘴：

「山下老師。」

「山田啦！是山田！請妳不要搞錯了！」

「那麼，山田老師……我應該說過，請妳閃到一邊去才對。」

「不、要♪」

妖精的嘴巴橫向變成一字型，然後很開心地拒絕。

「因為本小姐在銷售量上敗北，所以本來想說沒辦法對妳說三道四而想要保持沉默——但是仔細想想，本小姐只要靠動畫化後的風潮就可以讓小說賣到六億本左右了，所以根本不需要那麼謹言慎行啊！反而應該是妳才要對本小姐跪拜吧！害本小姐平白嚇到了！」

我想就算動畫化應該也沒辦法讓銷售量爆增成那樣。

不過，她看起來很開心，也很值得信賴，就放她去講吧。

如果連銷售量比妖精多賣出六倍，超過一千萬本的作家，都沒辦法阻止她繼續得意忘形下去的話，這世界上應該就沒有人能夠阻止她了吧。

看來就連村征也放棄讓妖精閉嘴了。取而代之的，她問了這個問題——

「山田老師——為什麼妳會在征宗學弟家裡呢？」

「因為我們正在同居啊。」

「什麼！」「噗嗚？」

我忍不住噴發出來。她、她在講啥鬼話！

就連我的敵人看起來也退避三舍了。

咚咚咚咚咚咚！紗霧也發出了憤怒的吐嘈聲。

「……不要把住在隔壁用『同居』這個詞來表現好嗎！」

我調整呼吸後進行訂正，眼前的村征不知為何也像鬆了口氣似的。

「不要嚇人啊，害我差點就要向負責這種事的機關通報了。」

快住手。

我們家跟隔壁鄰居，都已經是被附近居民謠傳說是「被詛咒之地」了啊。

「沒有那個必要！本小姐早就在推特跟大家報告過了！」

「難道我身邊就沒半個有正常網路素養的傢伙嗎！」

情色漫畫老師也好、惠也好、這傢伙也好……可不可以更加慎重的使用網際網路啊！這樣下去總有一天會在網路上整個炸開來的！然後我就會整個人被牽扯進去！

「閒話就到此為止吧——你的立場我已經懂了，但我也不能就這麼回去。」

啪喇。村征把話題拉回來，態度強硬地彷彿讓我聽到這種狀聲詞。

「征宗學弟，你有必要聽我說明。你必須要知道破壞你的夢想的『我的夢想』才行。」

「如果你還想要——繼續過著現在的生活的話。」

我和妖精，還有透過Skype關心事態發展的情色漫畫老師一起，在和泉家的客廳與村征對峙。

對我來說形容為最終頭目也不為過——的對手，卻連咖啡都泡給她喝了，也許大家會覺得我到底在幹什麼。可是，這我也沒有辦法。

村征在玄關所說的那些話，我真的沒辦法聽過就算了。

「如果想要繼續過著現在的生活，就該聽我說明。」這句話是什麼意思呢？

對我而言，這句話真是命中要害。

無論如何，實在沒辦法不聽她說。

這樣子……雖然就會變成無視於妖精的忠告了。

但把我們的夢想斷言為「無聊」的村征，自己又是懷抱著多麼遠大的夢想呢？

還有「成為我的東西」這句話真實的意思。

就在我的陣地裡，把這些全部都一起問清楚吧！

現在這個狀況讓我這麼打算著——但是……

「征宗，你先退下。現在是輪到本小姐攻擊的回合。」

咚——！她坐上沙發上擺出一副抬頭挺胸的驕傲模樣，本來應該是當事人的我，卻被妖精踢到一旁去。這是怎麼樣？可不可以不要搶走我的敵人啊。

「山田老師，以我的立場來說，到這種地步還要被妳鬧場，實在不是我所希望的事情。」

村征完全不發出聲響地喝了一口咖啡。

她的姿勢非常端正優雅，光是這樣的動作都讓人感到賞心悅目。

「本小姐才不打算鬧場。反而是妳要講的主題，如果真的想更簡單明瞭地傳達給對方，那麼跟這個木頭到有如輕小說主角一樣的征宗講也沒有用。本小姐只說一次，所以妳仔～～細聽清楚了。現在這個探討頭目級角色內心世界的時間，就由本小姐來當妳的對手吧。」

妖精依舊抬頭挺胸著，她把右手比成手槍的樣子，對村征做出射擊的動作。

「因為『今天的妳』不是來找征宗，而是來找『本小姐們』吵架的。」

「……『本小姐們』是指？」

「就是本小姐我，還有……」

妖精往平板電腦——往情色漫畫老師看了一眼，然後抬頭看著天花板。

「棲息在二樓的公主大人喔。」

今天的村征不是來找我，而是來找妖精跟紗霧吵架的？

這是什麼情況……雖然跟妖精說的一樣令人不甘心，但我果然還是不懂。

妖精擺出有如最終頭目般誇張的手勢說：

「一樓是本小姐的地盤，二樓就是那孩子的領域。像妳這種不請自來的客人。就讓本小姐代替無法從自己的領域離開的那個人；代替無法從二樓走下來的那個女孩——由本小姐來迎擊妳吧！」

咦？我的陣地呢？

怎麼會這樣！不知不覺間，我家已經被鄰居侵略了。

另一方面，村征聽完妖精超長的熱血台詞後…………

「…………………」

村征她……

我就照看到的景象述說了——她拿出筆記用具，接著開始寫起東西來了。

右手拿著深綠色的筆記，左手拿著鉛筆，以高速運作著。不是像情色漫畫老師那種充滿爆發力的動作——而是身體姿勢保持著筆直不動，非常沉穩的筆法。

紗霧工作時的身姿，看著看著就會讓自己也一起變得愉快。但看到這個人，看著看著就會不禁屏息。感覺就像迷失在聖域之中一樣。

實在不是能對她說話的氣氛。

……之前也想過手寫卻能快筆寫作是怎麼一回事……原來是這樣啊。

「那個……妳有聽到本小姐的超帥氣台詞嗎？」

在這種氣氛下，還可以無所謂地跑去跟她說話的這個女人，毫無疑問地神經實在有夠大條。

「……………………」

「不要無視本小姐啦！」

妖精用超大音量對她一喝。

這時村征終於有所回應。

「敢妨礙我就殺了妳。」

這是有如利刃斬擊般的一句話。

「現在正是靈思泉湧的時候，馬上就好了給我乖乖等著。」

她的臉完全沒有從筆記本上抬起來——她不停地用鉛筆持續寫著。

「難、難道說，妳正在寫小說？現在！這種時間點？」

「…………………………………………」

啊，這下子她一定什麼都聽不進去了。

「～～～～～～～～～～～～～～～～」

妖精緊握著雙拳，眉頭浮現青筋。

位於矮桌上的筆電裡，情色漫畫老師小聲地說出一句話：

「跟哥哥好像。」

「咦咦？我、我才沒這麼誇張！對吧？」

我像是想尋求同意般地看向妖精。

「有夠像的！原來如此還真的是高階版本！超級像！就連變成這樣以後，如果跟你說話還是會發脾氣這點也完完全全一樣！」

「……真的假的？」

「你就看看這個白痴同類好好反省吧！因為你自己一定沒有自覺！」

妖精雙手交叉胸前看了村征一眼，然後問我：

「所以？這位同類，為什麼她會變成這副德行？」

「不要問我啦，我哪知道。」

「…………盯。」

這什麼眼神啊，好像在對我說「你這騙子」似的。

我看著用端正無比的美麗姿勢寫著小說的「同類」一會兒之後。

「…………大、大概是突然想到了吧？……有趣的劇情什麼的。」

妖精翻著白眼看著我，然後繼續說：

「……所以，就馬上不管眼前的一切，立刻開始寫起小說來了……是這樣子嗎？」

「大、大概吧。」

「不覺得很失禮嗎？」

「這我也沒辦法啊！靈感就來了嘛！當然要寫出來啊！如果跟這傢伙一樣隨時把筆記本帶在身上的話！是我也會寫啊！」

話說，為什麼變成我在擁護村征啊！

妖精「唉～～～～～～～～」的發出超長的嘆息，然後再度一屁股坐回沙發上。

「這女人還真自我中心。沒辦法……只能乖乖等她了。征宗，再給本小姐一杯咖啡。」

「我也要。」

「好好好。」

「……麻煩也再給我一杯。」

「好啦好啦！」

於是，我就去幫妖精和情色漫畫老師——還有在敵陣熱中於執筆活動的宿敵，沖泡續杯的咖啡了。

就這樣，過了二十分鐘以後——

村征依舊拿著鉛筆，在筆記本上盡情揮灑。

這傢伙，到底想讓人就這樣等著，在敵營寫小說寫多久啊？

「♪」

她臉上浮現的，是淺淺的微笑。倔強的眼神此時也變得緩和。

「……………」

心情還真是複雜。這傢伙一直都是這樣——魅惑了眾多的讀者並且咒縛他們，然後誕生出超有趣的小說。

就跟沉迷於繪製插畫的——我那個妹妹一樣。

「……唉……」

我用手掌按住太陽穴。

也難怪妖精會擔心了，我這個人到底是多白痴的爛好人啊。

要是不繃緊神經——似乎就要變得無法怨恨這位宿敵了。

雖然我會贏就是了，絕對會。

「不過啊……」

她該不會打算就這樣子寫到最後為止吧？天色差不多要暗下來了耶。

雖然我挺擔心的，但實際上我倒是不會感到無聊。

「這還真是……有夠好看的。」

我繞到她坐的沙發背後，偷看超級暢銷作家千壽村征老師在第一時間執筆中的小說。

「唔……有趣……！該死……真的很好看呢……！」

在我身邊，妖精一樣在偷看村征手上寫的小說。

「這是停止刊行的《幻刀》後續——好像不是喔？」

「這完全是不同的小說吧。是要用在『輕小說天下第一武鬥會』的嗎？」

「不過看起來好像還在序盤？截稿日是後天吧？」

那麼，也不是用在那裡的嗎？

看來村征所撰寫的，並不是動畫正在放映但刊行卻中斷的《幻刀》後續，也不是用來跟我一決勝負的小說，而是正在執筆完全不同的新作小說——而且還是在我家。更何況還講話才講到一半。

另外說明一下全體人員的位置，村征坐在沙發上，我跟妖精站在她的背後。跟「不敞開的房間」相連的筆電，就擺在村征她面前的矮桌上頭。透過攝影機鏡頭，村征執筆中的樣子，情色漫畫老師應該也正在看著才對。

「那個，哥哥。」

此時，從筆電上傳來「紗霧」的聲音。

「怎麼了，紗霧。等太久所以累了嗎？」

「這個人的注意力已經完全集中在寫小說上，不管對她大聲說話還是做任何事情，她好像都不會注意到。」

「看來是這樣。所以說——怎麼了嗎？」

「幫我把她的裙子掀起來看看。」

「妳這個人！妳這個人真的是！妳想看內褲的意志有沒有這麼堅定的啊！」

為什麼在這麼嚴肅的狀況下，還能這麼自然地說出這種話？

看一下氣氛吧！妳剛剛真是嚇到我了！

「因、因為……這是千載難逢的機會啊。」

「有道理耶。」

連妖精都跑來湊一腳。

「好機會啊，征宗！快拍下這傢伙的羞恥照片威脅她！」

「我都搞不懂誰才是反派了啦！」

「唔！怎麼可能……！這傢伙是你的敵人喔！而你竟然想要袒護她嗎！」

她連帥氣的肢體動作都用上了，這已經是演得超起勁還想把我拉下去一起演——

也許是一時鬼迷心竅，又或者是被妖精老師的壞習慣傳染。

「不對！不要搞錯了！」

就連我也起勁地演了起來。

「沒錯，怎麼可以讓這傢伙被妳這種程度的人打倒——」

啪！我跑到村征的正面，像是要守護她似地大大張開雙手。

「能夠脫下村征學姊內褲的人，是我！」

「……………………你在說什麼啊。」

「咦咦？」

啪啪！我慌張地轉頭一看，宿敵正滿臉通紅地抬頭看著我。

她、她什麼時候停止撰寫小說的？

她啪噠一聲地闔上筆記本，用明顯有點慌張的語氣小聲的說：

「那個，就是……你想要我的內衣嗎？」

「對、對了！」

我用強韌的意志力把視線從宿敵的大腿上移開，試著全力轉移話題。

「為什麼妳不再撰寫《幻刀》的後續了！」

雖然是臨時擠出來的問題，但也是我長久以來一直很在意的事情。

「妳的書迷們大家都在苦苦等待啊！動畫也正在播放——現在這種時機卻不推出新刊，一般來說是不可能的事情吧？」

出版社應該也超困擾的，這對責任編輯的立場與升遷都是極大的損傷。

「除非有什麼——」

重大的原因，當我要這麼說的時候，我的話卻因為村征一個「恐怖至極的反應」而中斷。做好心理準備聽好囉——

「？幻刀……？」

「「——？」」

除了村征以外的所有人都說不出話來。我感到毛骨悚然，全身還起了雞皮疙瘩。

「妳、妳、妳……是開玩笑……的吧？」

就連妖精的額頭上也都冷汗直流。

「妳給本小姐等一下！就算是天然呆也要有個限度吧！《幻想妖刀傳》！這妳應該知道吧！」

「嗯唔……好像有在哪裡聽過……」

「妳不可能不知道吧！這可是妳寫的小說書名啊！」

妖精抓著村征的領子前後搖晃。如果妖精不在這裡的話，就會是我去做這個動作了。只有這點，無論如何都得要她說清楚講明白才行。

就這樣，村征在頭部被前後搖晃的情況下這麼回答：

「啊啊，是我寫的小說啊……從書名來判斷，應該就是我的讀者跟責任編輯，拚命地要我繼續寫下去的那本吧。就是有武士刀登場的那部。」

我想就是這個沒錯，可是。這、這到底是……？

「我才不知道自己寫的小說書名是什麼──說起來，為什麼小說非得要取書名才行呢？」

村征在有點頭昏眼花的狀態下，這麼說著：

「小說這種東西，是寫來讓自己看的吧。只要內容夠有趣的話，書名什麼的根本就無所謂啊。」

這麼說起來……這傢伙的書總是沒有「後記」。

除了內文以外的其他文字，更是一筆都沒有寫過。

因為無所謂——這樣嗎？

「沒有書名的話，就沒辦法在書店販售了吧。從以前到現在妳都是怎麼處理的？」

「我只是寫出小說而已。其他的我都不清楚，也沒興趣。」

村征果斷地下結論。即使沒有像妖精那樣的「眼光」，就連我也能一目了然——這傢伙並沒有說謊。

想必《幻想妖刀傳》這個書名，一定不是村征而是其他某個人取的名字吧。所以才會發生即使她就是作者本人，卻完全不知道自己小說的書名這種事。

簽名會也好，出版社的宴會也好，動畫的劇本會議也好，全部不參加。

連自己的銷售量也搞不清楚。

因為這些都無所謂。她真的是打從心底這麼想著。

對俗事沒有半點興趣。就算作品在自己面前被罵得狗血淋頭，就算跨媒體製作失敗了，也都絕對不會生氣。無論如何都不會因此激動。有如仙人般沉穩的人。

啊啊……沒錯，跟妖精和神樂坂小姐說的一模一樣。

這就有如最後一塊拼圖喀嚓一聲拼上的感覺。雖然還有「那麼為什麼只有這次會激動呢」這個巨大的疑問殘留——但總算能夠理解了。

這也是為什麼，妖精會說跟她較勁很無聊了。

「……學姊，妳為什麼要成為小說家？」

我突然從自己的口中，用混合著佩服與失望的聲音說出這個問題。

「如果只是想閱讀有趣的小說，只要去書店買來看不就好了嗎？如果妳真的……對錢、對讀者或是對跨媒體製作都沒興趣，只是為了讓自己閱讀才撰寫小說的話——不就沒有必要出道成為職業小說家了嗎？」

妳為什麼要成為小說家——我重複著相同的問題。

「關於第二個問題你說得沒錯喔，學弟。」

村征似乎有點難為情地用手指搔著臉頰。

「我之所以會出道不過是順勢而行，不管我自己寫的小說是否能夠出版，實際上，對我來說哪邊都一樣。也有些人覺得我寫的東西很有趣而去閱讀，但我也覺得無所謂，就僅止於此而已。『就算寫上一整天的小說，家人也不會對妳囉哩八唆的喔。』——以結論來說，被這句話說服，才是我會出道的契機。」

穿著和服的少女，日復一日，年復一年地整天躲在房間裡寫小說——我的腦海裡浮現出這種景象。

也許有人會認為她是個「崇高的努力家」。

但從同行又是同類，還被說成是低階版本的我來看，她的精神層次跟那些沉迷於網路遊戲的廢人沒什麼兩樣。既不努力，也不崇高，只是每天在做自己喜歡的事情而已。

但她能因此獲得報酬，還有讀者因為讀到有趣的小說而感到開心。

再也沒有比這幸福的職業了。

雖然有許多令人難過的事情，但這個工作有持續做下去的價值……我是這麼想的。

不過也有想法不同的人呢。

因為這個人，明明是個能夠魅惑眾多讀者的高手……但對周遭卻如此不關心。

「至於第一個問題的答案。」

村征再次露出嚴厲的眼神，但並非對著我，而是朝向「某種事物」看去。

「因為書店沒有賣有趣的小說喔──學弟。能讓我打從心底覺得有趣，並且笑著閱讀的小說，幾乎不曾出現在書店的架子上。所以我才會在無計可施之下開始自己撰寫。」

這就是，千壽村征成為小說家的動機……？

「但是不要搞錯了。讀書可說是世界上最美好的娛樂。只要能夠與『屬於自己的書』相遇，不管動畫、電影還是遊戲，就連戀愛也都以兩倍以上的差距望塵莫及，是最強的娛樂。我深愛讀書這件事，雖然實在是找不到『屬於我的書』。」

「應該至少有找到一本吧？」

我詢問她。不知為何，讓我忍不住插嘴。

「如果不曾因為在閱讀完書籍之後，有了覺得很有趣的回憶──是不可能會這麼喜歡看書的。也不可能產生想要自己寫出有趣的小說這種想法。」

「那當然。不過，那本書的後續……已經再也無法讀到了。」

這是什麼意思。是因為作者過世的這類情況……？

村征面向沒有追問詳細情況的我，豎起一根手指。

「征宗學弟，你認為『世界上最有趣的小說』會是什麼呢？」

「什、什麼？」

突然這樣問，還真令我感到困擾。世界上最有趣——會是什麼呢？

雖然腦袋裡馬上就浮現出好幾部作品。

「那我換個問題。以一百分為滿分，你會給自己寫的小說打幾分呢？」

這真是很困難的問題，但同時也是個非常簡單的問題。

「一百分。」

我立刻回答。實際上，就算是我那些被腰斬的作品——雖說也不是完全沒有迷惘，但不管什麼時候，我都會抬頭挺胸地回答是滿分。

因為有人肯說它們很有趣。

「那妳呢？」

村征也向妖精詢問。

「一百分啊，這是當然的吧。」

「我也一樣。對自己著作的自我評分必定都是一百分——因為是作者嘛。可是，我第一次閱讀的讀者來信上，卻這麼寫著。」

「『以一百分為滿分，這本書有趣到可以讓我打上一百萬分！』」

「因為家人對我說『別人寄來的信要好好閱讀』，我才勉為其難打開來看看而已……但卻讓我大吃一驚。我所寫的一百分滿分小說，卻有人幫它打上一百萬分的分數。於是我也想起來。『這麼說來，我至今所讀過的小說裡頭最有趣的那本，也是有趣到讓我想打上一百萬分的分數呢——』」

「————」

我屏息聽著，因為我很明白她想說的話。

「沒錯，這個就是世界上最有趣的小說。人生裡不會只限定一本『只屬於那個人的書』。」

在某個時候，對某個人來說，他覺得最有趣的書。

以一百分為滿分，卻有趣到能夠評為一百萬分，能讓自己充滿自信誇耀的書。

這跟作品的人氣、銷售量、周圍的評價、是新是舊，甚至跟作者也都沒有關係。

能讓讀者不顧一切地對別人說「我就是最喜歡這本書了，你有啥意見嗎！」這種話，是最特別的一本書。

就連把自己作品當成親兒子疼愛的作者本人搞不好都比不上，讓人喜歡到無法自拔的作品。

例如，對惠來說就會是《Hyper Hybrid Organization》這樣的作品。

例如，對我來說就是《圓環少女》或《灼眼的夏娜》，不然就是《最後大魔王》或《惡魔同盟》這些作品。

只要喜歡看書，無論是誰都一定會有像這樣伴隨著重要回憶的珍貴寶物。

這就是村征所說的「世界上最有趣的小說」吧。

「成為小說家以後，我才重新了解。書是為了讀者大眾所存在的，而不是為了我這個作者存在的東西。作者拚命寫出一百分的作品，但讀者卻可以輕易地打上一百萬分的分數。依每個人而論還可以獲得好幾本、好幾本『世界上最有趣的書』。這一點也不公平。我幾乎找不到『屬於我的書』，我一點也讀不夠……明明我一直、一直都是處於飢渴狀態——所以！」

村征從原地站起來，激動地說著。

「我的夢想就是『寫出世界上最有趣的小說』！寫出自己評分為一百萬分的小說！讓我能夠打從心底感到有趣，笑著閱讀的小說，直到能夠滿足我的飢渴為止，不管幾本都要為我自己寫出來！」

她以巨大的音量，灌注憤怒與希望地吼叫出來。

就像這樣——

這個人一直就是為了自己而持續撰寫著小說啊。

——**「那個人跟我們不同，只是自顧自地玩著單人用的遊戲而已」**——

就像個無視各種劇情事件，只顧著拚命提昇等級的人不去跟任何人競爭，也不對任何人誇耀。

就只全心全意為了打倒超強的隱藏頭目，從早到晚都在修練。

未來的事情完全無所謂，也沒有興趣。有人妨礙就擊潰他。

就是這種態度。

從她的角度來看，距離夢想還很遙遠吧——但也並非沒有成果。

光是村征現在所寫的戰鬥系小說，即使跟讀者的喜好多少有些不同，即使跟讀者之間的性相不太好，還是有著能強制讓人感到「有趣」的力量存在。

想來也沒錯。在某種層面上，這可是為了讓世界上跟「自己的小說性相最差的傢伙」感到有趣而寫出來的東西呢。

這就像只要把等級練上去，不管是迷路金屬史萊姆也好，金屬史萊姆王也好，都能夠赤手空拳打倒一樣。

跟外觀形象完全相反。

單純專一，把能力點數全部灌到ＳＴＲ上頭的力量型作家。

最強孤高的SOLO玩家。

這就是這傢伙的真面目。

「——妳也能露出這樣的笑容嘛。」

我看著村征，小聲的自言自語。

「……你幹嘛突然說這些。」

「本來以為妳是個面無表情的人，但現在卻一副『你覺得如何』的樣子。」

「哼……」

村征臉上變得稍微紅潤，挺起胸膛。

「述說夢想時，就是要帶著笑容啊。」

這是在我的小說裡所出現的名言句子。

「是喔。」

村征的夢想我已經知道了，她的力量來源我也明白了。

這不是很遠大的夢想嗎？太棒了，繼續努力也沒問題——因為這個人寫的書，對我來說正是「世界上最有趣的書」之一。像這樣的作品如果能誕生更多部出來，我也非常歡迎——不過……不過，就是這點。可不能因為這樣，就讓「我們的夢想」被擊潰。

「妳為什麼要把我當成眼中釘——為什麼非得把『我們的夢想』擊潰不可呢？我可不記得曾經妨礙過妳啊。」

「你有。」

她馬上反駁我。

「因為你的夢想，是要讓那部戀愛喜劇妹妹小說成為暢銷作品，然後動畫化對吧？」

「動畫化之後，還要『兩個人一起在這裡觀賞動畫』。這才是『我們的夢想』。」

我訂正了不能放過的錯誤點。

我的動向，她都從責任編輯那邊逐一得知了——記得她這麼說過。

照這樣看來，那部企畫書的內容，也已經完全洩漏給這傢伙了吧。

「怎麼樣都無所謂。總之不會改變你妨礙我的事實。『為什麼不繼續撰寫《幻刀》的後續了？』——這個問題我還沒回答呢。」

村征把右手擺到臉部前方。我現在才發現——她五根指頭上都纏著繃帶。

「因為我寫不出來了。」

「！」

「因為你開始進行那個無聊企畫的關係，讓我無法繼續寫戰鬥小說了。」

「妳、妳說什——」

這是什麼情況？為什麼會變成這樣？這聽起來根本就只是找碴嘛！

為什麼我一開始寫戀愛喜劇，這個人就會變得沒辦法寫戰鬥小說啊！

「——」

——可是，如果這是真的，那就真的是不得了的事情了。還會是個非常恐怖的情況。

因為我的關係，使得超人氣小說的後續停止刊行了——？

全身的血液好像被抽乾一樣。讓我眼前感到一陣暈眩。

「我……我、我說——」啪咚！「好痛！」

腦袋受到一陣衝擊。我一抬頭，就看到妖精用單手拿著跟「不敞開的房間」裡的情色漫畫老師通訊中的平板電腦看著我。

「好啦，就到此為止。所以本小姐不就說了嗎——知道太多的話，可是會被詛咒的。」

妖精把平板電腦夾在腋下，然後抓住村征的手用力拉起。

「！」

「好了，該回家去啦！」

村征被拉出客廳，往玄關走去。

「喂、喂喂……」

我還沒有從動搖中恢復，就從後頭追上去。

「山田老師，我的話還沒——」

「妳也還真是搞不懂呢，本小姐就跟妳說沒用啦。都那樣大放厥詞了，結果最重要的部分卻完全沒有傳達給征宗知道——妳要不要乾脆放棄，改天再來？」

「………！」

村征睜大了眼睛。此時妖精更加用力地拉她的手，把她的臉靠到自己的臉旁邊。

「但是，妳有傳達給本小姐了。全部都傳達過來了——這點想必樓上的公主大人也一樣。」

妖精對著依然陷入僵直的村征，盯著她的臉看了好幾秒。

然後——

「唉。」

她發出似乎放棄了的嘆息。

「真是的，看太多也真是麻煩。雖然這樣對公主大人很過意不去，但是……這個情況果然沒辦法讓人放手不管呢。」

「什麼意思——」

像是要截斷村征的話，妖精這麼說了。

「看在『妳的夢想』的分上，本小姐就給『我們的敵人』最後一個建議吧——」

妖精指著我的臉，然後再次盯著村征的瞳孔看。

「如果想讓這傢伙清楚聽懂的話，妳就要講得比現在更清楚一百倍才行。身為超人氣作家的妳，為什麼會把根本賣得不怎麼樣的作家征宗視為眼中釘，還想要擊潰他的新作。而且還特地千里迢迢從千葉的鄉下跑到世界的中心聖都足立區來，對他說出『成為我的東西』這種話——把妳真正的心意，通通對他說出來吧！」

「————」

村征眼中的動搖消失了，取而代之的是意志的光輝。

「嘶～～呼～～」

她深呼吸後看著我，並且清楚地說出口：

「對我而言，世界上最有趣的書，就是你的作品。」

「咦？」

「所以，當你『改變著作的類別』時，我無法原諒你。我從來沒有讀過讓我感到有趣的戀愛喜劇小說——因為我喜歡的是你寫的戰鬥小說。其他所有小說都不行。想到已經再也無法讀到這點……我不要。我絕對不要！」

「唔。」

回過神來，村征那泛紅的臉，已經逼近到我身邊了。

「我從很久以前開始，就是你的書迷了。」

她用雙手握住我的手。這雙有如才剛在練習烹飪後綁滿繃帶的手，真的非常柔軟。

「成為我的東西。撰寫出屬於我的小說吧。拜託你了。」

她的思念極為真摯地傳達給我。聽完這些的我——

「咦？啊？唔……？咦咦……？」

我完全陷入混亂之中，連耳根都紅了。不，不管誰來都會這樣吧？

對俗世毫無興趣的這個人，只有這次變得這麼激動的理由。

超級暢銷作品《幻想妖刀傳》停止刊行，以及她無法繼續寫戰鬥小說的原因。

讓她打算摧毀我的企畫，非得不符合她風格地使壞的理由。

那就是——

因為……她是我的書迷？因為喜歡我寫的戰鬥小說？

所以……決定不寫戰鬥小說，開始撰寫戀愛喜劇的我……惹她生氣了？

而這衝擊強烈到……讓她沒辦法再寫出戰鬥小說？

「騙人……的吧？」

「才沒有騙你！」

緊握！村征更加用力地握住我的手。

就連來我簽名會的書迷，也沒有這麼熱烈的人。

「我、我把你所寫的小說全部讀過了！遠在你出道之前，從你還在寫網路小說的時候，我就非常喜愛你寫的小說了！」

「這種……事情……」

「證據就是！我知道你最初寫的作品喔！和泉征宗真正的處女作是《時空幻境　幻想傳說》的二次創作小說！劇情大致上就是跟遊戲不同的原創主角『和泉征宗』，在優克里德大陸展開冒險的故事——」

「喂，快住口。」

「沒錯……與作者有著相同名字的勇者征宗，在故事開頭與巨大的龍對峙，然後這麼喊叫——『必殺啊啊啊！「獅子戰吼」！』。」

「呀啊啊啊啊啊啊啊啊！快停下來！我相信妳！我全都相信啦！」

好痛好痛好痛好痛！會死！真的要死啦！

該死！竟然這麼準確地戳到網路出身作家的致命要害！

雖然我深愛著自己所有的作品，也自負每一部都能評為一百分滿分，但出道前的作品不能算進去吧！沒、沒想到竟然還有知道我黑歷史的傢伙存在……！

當我出道的時候，應該已經把那些都全部刪除掉啦！害我臉上都快噴出火來了！

「你寫的網路小說，我全部都有保存下來。」

「快刪掉！那種東西！給我馬上刪掉！」

「我拒絕！對身為小說家的我而言，那就是有如血肉般的事物。我的小說，一直以來都是受到你的小說影響——就是因為你寫出了震撼我心靈的小說，所以我才能持續把自己的小說寫下去！」

「…………作……」

作品風格會這麼像的原因是這樣子喔——？

跟村征學姊出道時比起來，我開始寫網路小說的時期要再早一些。

也、也就是說……不是和泉征宗模仿千壽村征——而是千壽村征在模仿和泉征宗……是……這種情況嗎？

謎團漸漸揭曉。

「當你的出道作品在中途就結束時……讓我完全不知道該怎麼辦，也變得非常消沉。我最喜歡的『他們』在那之後到底過得如何？要怎麼樣才能讓他們抵達最幸福的結局呢……我一直思考著這些事情。明明自己根本就不是作者。」

……跟我……一樣。

受到我小說強烈影響的村征學姊，在那個時候，是跟我完全相同的精神狀態，思考著完全相同的事情。這樣子，也難怪撰寫的東西會重疊了。

「為了分散這股哀傷，所以我更加全神貫注在創作上頭。不停地寫不停地寫著。同時想著為什麼和泉老師都不發表新作呢，對此感到很不可思議。也感到非常焦急。」

「…………不……那是……」

因為妳幾乎把我的企畫都毀光了……

「沒想到原因居然是在我身上……而且在被人提醒之前我還沒有注意到。」

……果然，那並不是她刻意去做的事情。

回頭想想，當時在編輯部的村征學姊，怎麼看都像是在演戲。

也就是說，當時她只是故意扮演壞人嗎……那時候說的那些話，也幾乎都只是謊話嗎？想要毀掉我的戀愛喜劇企畫，這會是真的嗎？

「不過，征宗學弟。關於前年的事情，我並不打算道歉。」

「這我知道。因為學姊寫出來的東西很有趣，就只是如此罷了。」

就算那是故意的，我也沒道理去恨她。雖然有恨過就是了。

村征學姊用她的雙手把我的手包覆起來，並說著：

「我本來想說只要把想寫些沒出息故事的你擊潰，就能使你回心轉意。為了激勵你奮發向上，所以才刻意惹你生氣——但是，在那之後，我就被罵了。」

她似乎是從責任編輯——神樂坂小姐那邊，聽說了我會這麼拚命推出新作的理由。

「沒想到會是那麼深刻的狀況。我也不知道是如此複雜的家庭環境，為了能繼續從事現在的工作，所以需要有身為作家的成果與收入——沒錯吧？」

「…………」

「為了守護與妹妹的生活，所以你必須要賺取金錢才行。」

「啊啊，沒錯。」

終於……

「征宗學弟，我來是為了對你勸降的。你已經不需要贏過我，不管是作品的銷售量或是除了我以外的讀者評價，也再也不需要在意了。」

終於——話題回到最開始的情況。

「成為我的東西吧。放棄無聊的夢想，為我撰寫小說吧。只要你願意，我就把至今所賺到的版稅，當作報酬全部給你。」

「全……？」

「不夠嗎？」

就在鼻頭快要碰觸到的距離，她以真摯的眼神盯著我。

誤會解開後的現在……我開始害怕起這個人了。比起扮演壞人的時候，現在的她更加地有魄力。

因為現在的她，是完全百分之百認真地在講這件事。

這只能用瘋狂來形容了。

「這不是夠不夠的問題……！妳知道妳的版稅總共有幾億嗎！這種事情！怎麼可能呢！」

「『妳在工作上賺到的錢，就在緊急的時候，還有無論如何都需要用到的時候使用吧。在那一刻到來之前都要好好地儲蓄起來。』──家人是這麼教導我的，而我也一直這麼做──所以我要用在現在。雖然也有稅金之類的問題，但關於具體的支付方式，我會去請教專家來指導。」

不行，這傢伙……果然完全是來真的。

把全部財產支付給我，只為了讓我幫她撰寫自己喜歡的小說。

她打算把和泉征宗──整個人買下來。

「放心吧，征宗學弟。」

村征就這麼握著我的手，然後把身體貼近到幾乎緊貼的地步……

「只要你能成為我的東西──我一定會守護你們兄妹一輩子的。」

那是有如要讓我腦袋融化般的耳語。

──讓我完全陷入暈眩中。

因為，只要照她所說的去做……今後我就能一直跟妹妹住在一起。

再也不會因為監護人的介入，而被迫分離。

再加上——我很開心。竟然有人給予我的作品這麼高的評價，甚至還評為喜歡到一百分滿分中可以獲得一百萬分的程度，這讓我高興到全身發抖。

這就像超濃縮的麻藥，直接注入腦內般的感覺。

這句為了我撰寫小說吧。

對小說家來說，不可能會有比這更具威力的稱讚話語了。

因為有人追求所以開始創作。

這就是，我開始寫作的動機。

這是「那個人」施加在我身上……改變了我的人生的魔法。

然後現在，學姊用比「那個人」要更加溫柔，也更具魔性的聲音誘惑著我。

「征宗學弟……可以讓我聽聽你的回答嗎？」

「……學姊……我……」

「……我……」

在彷彿酩酊大醉的視線中，我——

「才不給妳！」

是妹妹的聲音。

「絕對不給妳！」

這是幾乎能讓家裡震動的巨大聲響。

雖然住在同一個屋簷下，但現在絕對不應該出現在這裡的聲音。

「——紗霧。」

我的醉意被一口氣吹跑。轉頭往聲音來源看去。

一個不可能發生的景象出現在那裡。

「……唔！……嗚！」

走下來到樓梯一半的紗霧，帶著痛苦的表情低頭看著我們。

……妳……居然從房間裡出來——

單手緊握著扶手，雙腿不停顫抖著，現在也一副要摔倒的樣子。

「才不給……像妳這種的。」

只有眼神無比強悍，強悍到足以射穿村征。

咚！她踩響了樓梯的踏板。

「是我先的！我比妳喜歡更多更多！從最一開始就是我的！像妳這種人——給我閃一邊去！」

因為平常幾乎不太講話的關係，聲音有一半變得沙啞。聲音聽起來也似乎快喊到吐血。

但正因為如此，才蘊含著能夠震攝現場所有人的力量。

「『我們的夢想』一點也不無聊！要一起！因為是我們一起創作的……！因為是我們第一次一起創作的……！」

我想起妖精所說的話。今天，跟村征交手的人，不是只有我一個而已。

「怎麼可以輸給妳這種人！絕對絕對不會輸給妳！」

還有紗霧——

「征宗！回答她！快回答她啊————！」

——以及我的夥伴。

「噗哈。」

對小說家來說，絕對不可能會有比村征的提案更誘人的了。

「呵呵……呵……呵——哈哈。」

但是，對「我」來說，似乎不是這麼一回事。

就算死了也能彈跳起來，看來這種魔法真的存在。

「抱歉啦，學妹。妳的心意我真的很高興，但看來報酬還不太夠呢。」

所以——我離開她的身邊，把被緊握的手鬆開，笑著對她說：

「現在，我完全不覺得會輸。讓我們大戰一場，分出個勝負吧。」

「……………………」

村征學姊帶著一臉驚訝的表情看著我。

「學姊，妳是我的書迷對吧？那麼如果太過挑食而錯過新作的話，是很可惜的喔。因為這次的新作──將是和泉征宗的最高傑作。」

「…………」

村征學姊轉身背對我們。然後就這麼以端正美麗的姿勢，往玄關走去。

她只轉過頭來一次──

「如果很無聊的話就殺了你。」

並留下無比認真的一句話後，就回去了。

在村征學姊來到家裡的當天晚上。

我完成了「輕小說天下第一武鬥會」用的短篇，以郵件寄給了編輯部。

隔天，責任編輯神樂坂小姐打電話給我。

『和泉老師，感謝你的原稿。我立刻就看完了——因為這次屬於競技活動，所以我們這邊沒有任何希望你修正的部分。得把你們原本的實力，交由讀者們來判斷才行，不然就沒有任何意義了。』

『還有，話說啊——村征老師她昨天有去你那邊對吧？』

『咦？不要隨便把個人情資告訴別人是嗎？哈哈哈，有什麼關係嘛——多虧我這麼做，各方面才會這麼順利啊。不管是對和泉老師也好、對村征老師也好、對編輯部也好、對讀者也好，最重要的就是對我來說是最好的！』

『啊，雖然變成事後才向你報告，和泉老師的原稿，我送到村征老師那邊去囉。她說「我想盡早讀到，請現在立刻把原稿拿過來給我」——真是個任性的人對吧？她到底把責任編輯當成什麼了啊？因為某些理由，所以直到她把原稿看完為止我都一直陪在她旁邊——不過村征老師閱讀原稿的時候，全身散發出好強烈的殺氣，真的好恐怖喔——咦？和泉老師你的聲音在發抖耶？你還好吧——』

『你說這次的事情，我到底知道多少——是嗎？嗯～村征老師是和泉老師的超級書迷這件事，我從很久以前就知道囉。為什麼不告訴你是嗎？——因為你沒問我，而且我覺得好像也沒有說出來的必要啊。因為和泉老師很容易得意忘形嘛。』

『村征老師沒辦法繼續寫戰鬥小說的理由我也早就知道了。所以身為責任編輯，就決定要跟她好好討論商量一下。』

『之前，就是和泉老師跟村征老師碰巧遇見的那天——應該還記得吧？其實那天要進行的討論，不是關於小說的討論——而是為了讓我傾聽村征老師煩惱所約好的喔。我身為編輯，同時也身為成熟的女性，總是得好好地跟一位純真的十四歲女孩子「人生諮詢」一下嘛。』

『不過啊，我完全掌握事情整體狀況是在聽完「人生諮詢」以後了——這部分是有點小小的遺憾。如果我能事先就掌握住這個情況的話……如果和泉老師與村征老師的初次見面能再晚個一天的話——我就能颯爽帥氣地當場解開你們之間的誤會了呢——啊啊——真是遺憾啊——如果我能掌握好這個狀況的話——』

『和泉老師，你如何啊？聽完這番話——有沒有變得很想感謝我呢？你說感謝我什麼嗎——哎呀，真是的，請好好回想一下。我自己身為編輯的立場都已經陷入危機了，卻還是有給和泉老師的新作一個正確的評價不是嗎？別寫戀愛喜劇了快回去寫戰鬥小說吧，像這種話我可是一句都沒有說過喔。不然我明明很清楚，只要花言巧語地哄騙和泉老師回去寫戰鬥小說，就能消除村征老師的「低潮」，大家期盼已久的《幻刀》第十二集也能寫出來啦——我可是守護了和泉老師的新作喔！沒錯——這是為了未來的讀者們！同時也是為了將來的傑作！』

『和泉征宗與千壽村征——這可是我認為無論哪個作家都很重要，才會作出的判斷。』

『喔，不會不會，不用跟我道謝啦——身為你的責任編輯，這是理所當然的事情。』

『對了，我打岔一個完全沒相關的話題——和泉老師的姑姑，還真是位年輕貌美的美人呢——』

七月二十日，這天是「輕小說天下第一武鬥會」的結果發表日。
我在和泉家的客廳，跟妖精面對面坐著。
最終結果會在下午五點整時，發表在「輕小說天下第一武鬥會」的官方網站上。
現在是下午四點五十七分——
「還有三分鐘呢。」
妖精看著自己帶來的平板電腦說著。
我也凝視著擺在矮桌上的筆電並回答說：
「唉，真令人緊張。」
「你不是有說過覺得自己不會輸嗎？」
妖精像是要捉弄我似地，朝著我嘻嘻地笑著。
「的確是有說過啦。」
盡人事聽天命——我是不會產生這種心情的。
只不過再過幾分鐘，我和紗霧，還有情色漫畫老師的命運就要決定了。
「本小姐可是很相信你會獲得勝利的喔。」
「咦？」
「因為你寫的作品，比較有趣啊。」
「………………唔，謝啦。」

像這樣被當著面稱讚，還真是有點害羞。

「不過，那傢伙的作品也非常有趣就是了——在各種意義上。」

「……嗯……………真的很厲害。」

因為我沒辦法用冷靜的眼光來閱讀，所以無從判斷是否真的有趣——但總而言之就是一部非常不得了的小說。

在各種意義上。

能夠心平氣和地把那作品刊載到商業雜誌上頭的村征學姊，果然是位瘋狂的大人物。

「再怎麼說……都超過一百頁了啊。」

「明明一開始就說要寫短篇了，卻還是毫不在意地丟出那篇作品來。該說很合乎她的風格嗎？那傢伙雖然裝成一副冷靜沉著的樣子，但絕對是個笨蛋呢。」

沒錯，我覺得她真的是個跟妖精不相上下的笨蛋。

村征學姊在這個以六十頁短篇為條件下舉辦的大會，拿出了超過一百頁的小說來。

那個人只要一把小說寫好，就不會再進行修改了，但偏偏她又是這場大會的重點作家之一（不刊載的話，讀者們會生氣），所以小說就直接刊載上去了——當然，這似乎就造成了大問題。新人作家們好像都大發雷霆了。

因為這樣太作弊啦。如果不是大家都相同條件的話，這場競技可就辦不成了。

「沒差啦，反正應該會給她某種程度的懲處吧？像是減少票數之類的。這也是本小姐認為你會贏的根據之一。」

「難道還有其他根據嗎？」

「有啊。第二個根據，就是她『沒辦法撰寫自己擅長的戰鬥小說』這一點。」

「啊……對喔。」

沒錯。實際上，村征學姊拿出來的小說類別，並不是戰鬥小說。

不是戰鬥小說，那部作品是——更加不得了的東西。

「沒辦法寫戰鬥小說的村征，就跟龜派氣功、元氣玉和界王拳被封印的悟空沒兩樣。」

「那不就還是超強的嗎？」

這比喻真是有夠爛。

「說的也是喔。不過，已經弱化了這點是無庸置疑的——再加上，第三個決定性的根據。」

「……那是？」

「咦？你又在裝傻啦～～～明明你自己很清楚對吧？」

妖精不懷好意地笑著。

……可惡，居然給我笑得這麼開心。

「我知道啦。」

我也沒打算隱瞞。這次的競賽裡，我能贏過那個人的最大根據。

那就是，因為千壽村征是和泉征宗的高階版本。

因為那個人，寫小說的功力要比我強多了。

因為她一直都比我更能夠富含心意、寄託情感地撰寫文章。

我要花上三百頁才能夠表現出來的情節，那個人只需要三分之一的篇幅就能表現出來了。

「啊，你臉紅了耶！好可愛～你回想起來了對不對♪」

「囉、囉唆啦！」

那個人，這次為了迎接跟我之間的決戰，所寫出來的小說是……

在雜誌發售兩天前，她單手拿著雜誌樣品書親自來到和泉家，讓我在她面前閱讀那篇超過一百頁的小說——

「感覺如何啊？在女孩子面前，被迫閱讀寫給自己的情書是什麼樣的心情？」

「咕嗚…………」

——完全就是寫給我的情書。

閱讀第一頁時就讓我錯愕。因為她寫的小說，是以女性主角第一人稱進行的小說——身為人氣作家的主角，在出版社前，對同行的學弟一見鍾情。

故事是從這樣的劇情開始的。

不管閱讀什麼樣的書，都無法感到有趣——這樣的主角，在世界上僅有一個人能夠為她寫出有趣的書，是她最憧憬的人。

主角漸漸地被他所吸引，為他所著迷的樣子，被以卓越的文筆描寫敘述著。

是部非常熱情，但又帶點哀傷，充滿酸甜滋味的小說。

不像千壽村征的青春小說。

徹底無視過去的讀者——完全只為我而寫的情書。

超正中心的高速直球。

就跟被人在近距離大喊「我最喜歡你了——！」是完全相同的情形。

「我還以為我會死掉。真的很開心，但又很讓人害羞，整個臉就好像要燒起來一樣。」

「哼嗯——看來你也不是完全沒感覺？被女孩子告白，看起來很高興嘛。」

「超開心的好不好！我完全沒有想過……竟然會開心到這種地步！」

彷彿自己的一切全數被肯定的感動，讓人無法停止顫抖。

因為這發生在她向我告白說，她從以前就是我的超級書迷之後，而讓我更加感受深刻。

「所以？結果你是怎麼回答她的？你現在開始跟她交往了嗎？」

我回想起當時的情形。

——就在《月刊輕小說JUMP》發售日前的那一刻。

在這個家的客廳，在村征學姊面前，我閱讀著那個人的小說。

因為她已經閱讀過我的小說原稿了——所以現在只有我一個人在看雜誌。而她就坐在我的正前方盯著我看。

我在閱讀村征學姊給我的小說同時，也三不五時地抬頭偷看她的表情。

每次偷看，她的表情都會發生變化。

有時，她的臉會微微染上紅暈。

有時，她會緊張地用手按住胸口。

有時，她會帶著快哭出來的表情眼泛淚光。

——唔、唔哇、嗚哇啊啊啊啊～～～～～～

這種情境真是太可怕了。

她本來就是很可愛的人了，現在看起來更是可愛一萬倍。

五月時，雖然我用了相同的告白方式但被甩掉了……這種告白方法，真是太可怕了。我竟然對妹妹做出這麼恐怖的行為……

當我閱讀這篇情書時，心跳不斷加速。光是想要呼吸一下都很辛苦。

「……那個……學、學姊……」

「什、什麼事？征宗學弟。」

我把口水嚥下喉嚨裡，向她詢問：

「這、這篇……是在講我們的故事對吧？」

「嗚耶，嗚耶耶？」

村征學姊嚇了一大跳。連語氣都變得有點像小孩子。

「……為、為什麼……你會知道？」

「……就是…………讀過就會知道了喔。」

「～～～～～～～～～～～～～～～～～～～～～～」

一瞬間，她整個人就像是被滾水燙熟般地通紅。

就連這種地方也是我的高階版本。難道她沒注意到，這個只要讀過就會馬上發現嗎？

村征學姊受到極大的動搖，等到她恢復到勉強能夠說話的程度，花上了滿長一段時間。

「那、那個，就、就是——就是說！征、征宗學弟！」

「什、什麼？」

她把手壓在胸口，「嘶、呼」的深呼吸。

接下來，她以滿臉通紅的表情，抬頭看著我說：

「我喜歡你。不管是你的作品還是你本身，我都深深愛著。」

我的心臟被貫穿了。沒有人會這樣還不愛上她的——這一擊就是如此強烈。

腦袋裡被搖晃得昏昏沉沉，就好像正在大地震一樣。

「——可以告訴我，你的回答嗎？」

這是既苦澀又哀傷，但卻無比幸福的時間。

不管什麼樣的電影，都無法勝過這一刻。

我——

「學姊……」

彷彿在低語著愛戀般，這麼回答：

「——我，有喜歡的人了。」

所以，我無法跟學姊交往。

雖然我很乾脆地被甩了——但她是這世界上我最喜歡的人。

即使一輩子都無法結合。

我也再也無法喜歡上其他人了。

「我知道了。」

接著過了幾天之後的早晨，編輯部寄了個包裹到家裡。

我想說是什麼而打開看看，裡頭放著幾本筆記本。在那像是小學所使用的深綠色筆記本上頭，以令人看了會為之著迷的漂亮文字，密密麻麻地寫滿小說。

封面上寫著書名。

《幻想妖刀傳　第十二集》

這是因為我開始撰寫新作小說，而停止刊行的……超人氣小說的手寫完成原稿。

小說的最後一頁上，有作者的後記。

這是千壽村征老師第一次寫的後記。

……上面寫了些什麼？

只有一行字而已。

——以一百分為滿分，有趣到可以評為一百萬分。

情色漫畫老師
ero manga sensei
終章

「啊，你看，時間到囉。」

時間來到下午五點整。

我跟妖精同時在「輕小說天下第一武鬥會」的官方網站上，注視結果發表的網頁。

「「嗯……？嗯嗯嗯嗯嗯嗯～～～～～～～？」」

然後做出這種反應。

因為第一名獲得兩千零三十票，是村征學姊的作品。

第二名獲得兩千零一十五票，是我和泉征宗。

第三名獲得一千九百五十票，是名叫獅童國光的新人作家作品。

接下來──第四名，八百票。第五名，兩百票。

最後在附註上這麼記載著。

『千壽村征老師作品《我這不可愛的學弟》，因違反規定，故判定為失去資格。』

「呃……這代表說……」

「這邊有寫後續喔。因為村征的作品失去資格，你的作品就遞補上來成為優勝第一名──在九月將就會文庫化了。」

「………………」

腦袋還沒辦法好好整理情況，我暫時陷入僵硬狀態。

「也、也就是說……」

「是你贏囉，恭喜你。」

「太好啦啊啊啊啊啊啊啊啊啊啊啊啊啊啊啊啊啊！」

我歡欣鼓舞地大喊，同時站起身來。

我朝著天花板，奮力地高舉拳頭。

也許會有人覺得，結果你票數上還不是輸給村征學姊了嗎？

更也許會有人嘲笑我，說學姊都已經讓步那麼多還贏不了，或是說我那麼充滿自信，還拿出最嘔心瀝血的作品了，卻才只能險勝新人作家而已。

這些事，我打從心底覺得隨便他們講吧。

「唔喔喔喔喔喔喔喔喔喔喔喔喔喔喔喔喔喔喔喔喔好極了！」

我現在只覺得超高興的喔。

我也很率直地覺得學姊果然很強，新人也很厲害呢，對於能夠贏過這些人的自己，更是覺得值得誇耀。

對於「我們的夢想」能夠受到眾多讀者的青睞，更是有了強烈無比的手感。

「紗霧────────！」

噠！啪咚！噠咚噠咚噠咚噠咚噠咚噠咚噠咚────！

「贏啦！是我們贏了啊啊啊啊啊啊啊啊啊啊啊啊啊啊！」

我盡情地釋放腦內啡，同時奔跑衝上樓梯。

我一口氣衝上去，然後咚地一聲，踏響最後一階後停下來。

「哈啊……哈啊……」

我的肩膀上下晃動調整呼吸。接著嘻嘻嘻的笑聲無止盡地冒出來。

然後我眼前發出嘰嘰聲響，「不敞開的房間」緩緩地打開。

出現在那裡的，是穿著綠色連帽T恤的紗霧。

平常總是戴著的耳麥今天沒有戴上。

「…………………」

妹妹露出淺淺的微笑注視著我。

「哈啊……哈啊……嘿嘿。」

我就這麼喘著氣，露出牙齒笑著──然後比出了V字手勢。

「是我們贏了喔。」

「嗯。」

她點點頭。

「這是我們的……勝利。」

「嗯，都是妳的功勞。」

「我只有畫了企畫書的插畫而已，最後那邊什麼也沒做。」

「即使如此，也還是妳的功勞。是我們兩人取得了勝利。」

「…………嗯。」

紗霧點點頭，臉龐染上紅暈。看來是在害羞。

經過一小段時間後。

「哥哥……為什麼……最後會取那個作品名呢？」

紗霧這麼問我。

我們新作的名字——為什麼會取為「那個」是嗎？

「因為突然就靈光一閃了。」

我害躁地搔搔臉頰，想必我現在也是滿臉通紅吧。

「就在看到妳對著村征學姊怒吼的時候——突然靈光一閃就想到了。」

「————」

紗霧抬起頭來，臉頰依舊紅潤，並且睜大眼睛。

然後，她又馬上把頭低下去了。

「……是這樣啊。」

「嗯，是啊……那時，正覺得妳實在太亂來了，也超擔心妳會不會突然摔倒，雖然當時想說身為哥哥應該馬上衝過去扶住妳——」

但是那個時候，我開心的笑了。

也許我這樣根本沒資格當一個哥哥。

「可是我很高興。妳既帥氣又耀眼……這股心情充滿我的內心。」

「…………」

「讓我又重新喜歡上妳了。」

「笨、笨蛋！」

「哈哈……開玩笑的。」

雖然當然不是玩笑話。我是很認真的。

「所以，我才會取那個名字。」

我對妹妹這麼說。

因為我實在很不會說話，也不知道這份心意是否有確實傳達給她。

但是我的作品，應該會代替我傳達給她了解吧。

和泉征宗新作《世界上最可愛的妹妹》——

將預定於九月十日發售。

終章

插畫家是——情色漫畫老師。

eromanga sensei

後記

大家好，我是伏見つかさ。真的非常感謝各位願意把《情色漫畫老師》納入手裡。第一集發售以後，該說果然如此嗎？有讀者寄來了在書店很難把這本書買下手的意見。真是非常抱歉。但即使如此還是願意購買的各位，這邊再次向大家致謝。

第二集在主題上保持不變，但跟第一集比起來我稍微下點功夫改變了些方向性。

不知道是否能讓各位看得開心呢？

只要能有一個笑點讓各位笑出來的話，我就很開心了。

如果能讓讀者笑個兩次的話，那就是我的大勝利。

第三集跟第一集、第二集比起來，又將會是預定再改變一些些方向性的故事。

敬請各位期待。

另外在此通知大家。

最近，《情色漫畫老師》要改編為漫畫了。

當我決定取這個書名時，就已經把跨媒體製作的可能性完全放棄，以一部不進行跨媒體製作的小說為前提來撰寫，所以這件事讓我非常非常驚訝。

我很高興。

征宗與情色漫畫老師在漫畫裡會有什麼樣的活躍，真的相當令人期待。

負責繪製插畫讓我受到他許多照顧的かんざきひろ老師的畫集，將在二〇一四年的六月發售。而我也在裡頭投稿了一篇極短篇小說。這本畫集也請各位多多照顧了。（註：此為日本發售狀況）

寄信給我的各位讀者們，也非常感謝你們。因為上一部系列作已經完結了，所以我老是想著會不會再也收不到讀者來信了……接下來的日子萬一沒有幹勁的時候該怎樣才能好好工作呢……這些都讓我非常擔心，但本次的作品也還是收到了各位的眾多來信。我之所以能夠度過接二連三而來的難關，都是託各位的福。

我會努力撰寫第三集，希望能盡早呈現在大家眼前。

二〇一四年三月　伏見つかさ

情色漫畫老師

國家圖書館出版品預行編目資料

情色漫畫老師. 2, 妹妹和世界上最有趣的小說 / 伏見つかさ作 ; 蔡環宇譯. -- 初版. -- 臺北市 : 臺灣角川, 2014.12

面 ;　公分

譯自 :エロマンガ先生. 2, 妹と世界で一番面白い小説

ISBN 978-986-366-267-9(平裝)

861.57　　103021490

情色漫畫老師 2

妹妹和世界上最有趣的小說

(原著名:エロマンガ先生 2 妹と世界で一番面白い小説)

2014年12月4日 初版第1刷發行
2023年10月2日 初版第7刷發行

作者:伏見つかさ
插畫:かんざきひろ
日版設計:伸童舍
譯者:蔡環宇

發行人:岩崎剛人
總編輯:蔡佩芬
副總編輯:朱哲成
設計指導:陳晞叡
印務:李明修(主任)、張加恩(主任)、張凱棋

發行所:台灣角川股份有限公司
地址:104台北市中山區松江路223號3樓
電話:(02)2515-3000
傳真:(02)2515-0033
網址:www.kadokawa.com.tw
劃撥帳戶:台灣角川股份有限公司
劃撥帳號:19487412
法律顧問:有澤法律事務所
製版:尚騰印刷事業有限公司
ISBN:978-986-366-267-9